# CHRISTIAN DAVID
# O FILHO DO AÇOUGUEIRO
E OUTROS CONTOS DE TERROR E DE FANTASIA

2ª edição / Porto Alegre-RS / 2017

## PARTE 1
Mercador de cabeças 7
Aproveite o dia 9
O filho do açougueiro 39
Arena 53
Sobre homens e asas 77
O procedimento Z 83
A dona do sorriso 95

## PARTE 2
Libertação 99
Última memória 101
Dívida 107
Rinaldo 113
Despejo 121

## PARTE 3
Tenho mais o que fazer! 123
Esporte primitivo 125
Tempestade em zlaD 131
Prometeus 139
Tocaia 145

## PARTE 4
Debutantes 151
Xavier e o lobisomem 153
O esgrimista 161
Minha alma nas mãos de Manoela 165
Luana e o balanço 179

# Prefácio

Monstros e criaturas sobrenaturais costumam provocar medo. O encontro com seres de outro mundo causa pavor. Entretanto, situações mais sutis podem causar ainda maior desespero. O medo da perda, do fracasso, do diferente, do futuro, da morte ou da solidão pode ser ainda mais apavorante do que estar frente a frente com vampiros, lobisomens e demônios.

Nesta seleção de contos de ficção especulativa, o leitor encontrará os dois tipos de medo: o medo daquilo que é exterior ao indivíduo – os monstros populares, as almas penadas, o desconhecido –, e também o medo daquilo que, desde que o mundo é mundo, inquieta os seres humanos: os monstros que se criam simplesmente por se estar vivo, as dores da condição humana.

Antigos adivinhos utilizavam espelhos para adivinharem o futuro. Os especulários, como eram chamados esses magos ou feiticeiros, acreditavam que era preciso olhar para dentro de si mesmo, ou do indivíduo sobre o qual deveriam fazer previsões, para que pudessem vislumbrar o porvir. Encarar os medos externos e também os internos – aqueles criados por nossa mente – talvez possa ser considerado esse "olhar-se nos espelhos da alma". Encarar esses medos pode antecipar – ou mesmo alterar – o futuro.

Há melhor espelho para espiar o que se passa na alma do que o espelho que a Arte nos apresenta? A Literatura é, e sempre foi, um espelho eficaz por meio do qual podemos entender a condição humana no que ela tem de mais complexo. O que nos explica não é a razão, a Ciência; o que nos explica é a Arte.

Fica, portanto, o convite para que o leitor, trilhe o caminho proposto por esses contos e que, durante o trajeto, olhe para dentro de si mesmo e possa vibrar, divirtir-se, colocar-se no lugar dos personagens para decifrá-los para, enfim, decifrar-se.

# Mercador de cabeças

Já era a terceira vez que falhava. A terceira vez!
Ele já havia se decidido, se não conseguisse
na próxima tentativa, abandonaria de vez sua
ambição de tornar-se mercador de cabeças.
Na verdade, não se importava nem um pouco
com a profissão, queria mesmo era o status
que acompanhava os que ingressavam na
ordem. Não podia ser tão difícil passar no
maldito teste. Fazer um corte preciso não era
algo que necessitasse tanta perícia, somente
um pouco de sangue-frio e atenção. Alguns
diziam que era preciso também alguma
coragem, mas isso ele já sabia que não tinha.
Jamais teria coragem de cortar a cabeça de
alguém. A quarta seria sua última tentativa;
se falhasse de novo, estragando a cabeça como
fez com as outras três, seria obrigado a desistir.
Se quisesse continuar vivo, só poderia abrir

mão de mais esta. Era melhor continuar vivo, mesmo com uma só cabeça, do que permanecer com as cinco sem prestígio algum. Visgo realmente arriscava alto para coroar-se de glória, ou de ridículo. Infelizmente, ainda que tudo desse certo, só teria uma cabeça para coroar.

# Aproveite o dia

Sabia que não devia ter entrado naquele *saloon*.

Tenho a tendência de ignorar meus pressentimentos e ir em frente para ver no que vai dar. Sempre confiei muito na carne e pouco no espírito, coisa que ainda vai me encrencar qualquer dia desses.

Pensei que o local estivesse menos cheio do que realmente estava. A cidade quase abandonada não indicava que o lugar teria aquela multidão se acotovelando para desfrutar dos pobres prazeres oferecidos ali. *Belle's Saloon* tinha um ambiente sufocante, uma fauna de pessoas que pareciam ter vindo de lugares diferentes e marcado um encontro para gozarem seus últimos minutos de vida. Tocava uma daquelas músicas típicas de bar. Dois pianistas se revezam, tocando ritmos alegres, e pareciam descontentes ao ter de ceder a vez ao colega. O consumo de cerveja, uísque, cigarros e charutos corria solto. Já estava conformado em fazer a refeição de pé, mas, para a minha surpresa, havia uma mesa intocada, como que me aguardando.

Na mesa ao lado da qual sentei, o carteado parecia tenso, e me limitei a espiar com o canto do olho. Desejava o mínimo contato com aquele pessoal estranho. Comer o máximo que podia, descansar o corpo por meia hora enquanto apreciava um bom uísque e retornar para a estrada empoeirada era tudo que eu queria. Ainda gastaria um bom tempo revisando as patas da minha montaria e alimentando-a.

Uma simpática garçonete veio anotar o meu pedido.

– Aproveite o dia, forasteiro, pode ser o seu último. Não gostamos de forasteiros por aqui. E a comida é ruim.

Ok. Não era tão simpática assim.

Felizmente, eu me dava bem com a minha arma e vendia caro a minha pele, de modo que não me preocupei com as recomendações da mulher. O prato do dia consistia em feijões, batatas e carne, tudo cozido junto, com um pouco de sal. A fome dos dois dias de viagem a cavalo à base de biscoitos achou o prato ótimo, e fiquei aguardando pacientemente enquanto meu estômago reclamava com gritos terríveis. Já discutia comigo mesmo, e estava ganhando: argumentava que devia deixar de ser tão desconfiado e parar de acreditar nessas histórias de pressentimentos. Então, ouvi um grito pavoroso – além dos do meu estômago, quero dizer. O salão inteiro pareceu não ter ouvido nada e, devido ao meu histórico no que se refere a gritos, cansaço e dois dias de privações, achei que podia tratar-se apenas de alguma alucinação – talvez, o lado que estava perdendo na minha discussão interna tivesse resolvido apelar e tratado de gritar feito uma mulherzinha.

A partir daqui, talvez seja melhor explicar algumas coisas. Meu nome é Jeremiah, Jeremiah Duncan. Conhecido como "O Profeta" em alusão ao personagem do velho testamento. Desde pequeno tenho certos pressentimentos. Devido a uma natureza um tanto cética, porém, nunca dei muita importância a eles, com exceção de duas ou três vezes, em situações, como aquela em que tirei todos os animais do estábulo da casa de meu pai sem nenhuma razão aparente e, meia hora depois do início de uma tempestade inesperada, um raio atingiu o estábulo e queimou tudo até o pó. Eu já era adolescente nessa época e a fama correu Jack's Land, nossa pequena cidade. Após alguns meses de celebridade e meia dúzia de exorcismos executados pelo padre local (permitidos por meu pai, que era muito religioso, como meu próprio nome atesta), percebi que nunca mais iria me livrar daquele apelido, e que não deveria de forma alguma revelar quaisquer pressentimentos que viesse a ter, se não quisesse complicar ainda mais a minha, até então, curta vida. Assim que consegui segurar com firmeza uma arma nas mãos, deixei a cidade na esperança de que não me olhassem mais com aquela cara que parecia dizer "que sujeito estranho!".

Infelizmente, como já mencionei, o apelido me perseguia por onde quer que eu parasse por mais de algumas horas, coisa de outro mundo, talvez, literalmente.

Acabei aceitando-o, mesmo a contragosto. Outra coisa que trago da infância e da qual não consegui me livrar, graças ao meu irmão mais velho, é o meu horror a gritos: fico paralisado, sem ação, quando ouço gritos. Meu irmão fazia a inocente brincadeira de me acordar todos os dias com uma série de gritos horrendos no meu ouvido. Fiz de tudo para que parasse, ignorei, pedi, implorei, até paguei, fazendo o serviço dele na fazendola da família. Nada deu resultado, e todo santa manhã, no quarto que dividíamos em nossa casa, meu irmão se divertia gritando e debochando do menino estranho que ocupava a cama de baixo. Outro motivo que me fez sair cedo de casa.

Então, dá para entender o porquê destas duas dificuldades: negar e até lutar contra esses tais pressentimentos e odiar gritos.

Gritos são meu pesadelo.

Pois bem, eu estava sentado naquele *saloon*, aguardando minha comida, quando ouvi o tal grito, que resolvi ignorar para o bem de minha sanidade mental. Mas, quando ouvi o grito pela segunda vez, voltei ao velho hábito de ficar paralisado. Era um grito agudo, porém tinha um toque grave no fundo. A comida chegou junto com uma piscadela da garçonete. Forcei-me a dar uma garfada no prato de aspecto escuro que foi colocado à minha frente, precisava de um choque de realidade. A comida estava quente e picante. Apesar de antipática, a garçonete não era mentirosa. A temperatura e a pimenta certamente pretendiam disfarçar o gosto ruim. A pimenta desceu rasgando a garganta e chegou ao estômago como pólvora seca.

Não sei exatamente o que aconteceu, mas, de súbito, o ambiente pareceu ter se tornado mais amigável ou, pelo menos, mais solidário com o pobre viajante faminto e cansado. Foi quando um caubói puxou a cadeira à minha frente e sentou-se mesmo sem ser convidado.

– Bom dia, amigo! Como vão as coisas lá fora? – perguntou ele, abrindo um sorriso amarelo repugnante.

– Como assim, "lá fora"? Lá fora onde?

– Lá fora, você sabe, fora do *saloon*! – o hálito do sujeito começava a ser impossível para mim, cheiro de podre, de carniça.

– Por que você mesmo não vai "lá fora" e dá uma olhada?

– Hahaha! Muito boa essa! Eu mesmo ir lá fora! Você é demais! Impagável!

O cheiro de podridão me envolveu como uma nuvem.

Fui salvo pela garçonete antipática.

– Chispa, Luke!

– Mas Lucy, esse cara é demais!

– Chispa, já disse! Vai arranjar o que fazer e deixa de incomodar o novato!

– Ok. Aproveite o dia, novato.

Lucy sentou-se assim que o sujeito fedorento saiu resmungando.

– Qual é o problema desse cara? Além do cheiro, claro.

– É uma fase difícil para o Luke, sei como é, já passei por algo parecido.

– Você já teve esse cheiro de podridão e saiu por aí dizendo bobagens para estranhos? Duvido.

– Não duvide de nada por aqui, novato. Tem gente, na nossa humilde casa, que confia muito em você pelos mais variados motivos.

– Confiam em mim? Mas eu recém cheguei! E, apesar de competente com a arma, não passo de mais um nessa selva que é o oeste.

– Você tem outros talentos importantes, e sabe disso.

– Sei, mas não quero saber.

– Olha, novato, eu estou cansada dessa vida, ou seja lá o que for isso que tenho aqui, espero que você resolva de uma vez essa situação. Como disse antes, tem gente por aqui que aposta que você é o tal, que vai mudar a situação de todo mundo. Outros acham que você vai fazer com que a situação fique exatamente como está, de modo definitivo. E a chefa, a dona do *saloon*, pensa que você vai conseguir desfazer tudo de maneira a beneficiá-la. Como pode ver, muita gente confia em você nesse lugar. Ah! É claro, há os que não estão nem aí para você e só querem ver o circo pegar fogo.

– E você está em qual grupo?

– Já disse, novato, quero acabar com essa porcaria de vida que me arranjaram.

– Que história é esse de novato? Não sou mais forasteiro?

## O FILHO DO AÇOUGUEIRO

– Não mesmo, quando comeu da nossa comida, tornou-se um de nós, infelizmente para você. O *saloon* das aberrações ganhou mais um frequentador, e a Mama Belle o espera no alto das escadas. Sinto muito não ter avisado sobre o problema em comer da nossa comida. Eu disse que a comida era ruim, você é que não quis ouvir. Eu teria avisado de outra forma se a Mama não tivesse ouvidos em cada lasca de madeira.

– Lucy! – gritou a mulher no alto das escadas. – Peça ao nosso convidado que suba imediatamente!

– Essa é Mama Belle?

– Sim, é a dona do boteco, e sua nova dona. Aproveite o dia!

Pisquei várias vezes depois que olhei para a mulher que me dava as costas no alto da escada e caminhava provocantemente para dentro de seu escritório. Subi as escadas com calma, mas uma nova sensação de visão dupla se apoderou de mim, deixando-me tonto. Já tinha sentido, e ignorado, aquela sensação por breves instantes quando criança, mas o que acontecia agora era muito mais intenso e, provavelmente, mais importante do que das outras vezes. Seria cômico se não fosse apavorante: com o olho esquerdo, a escada tinha aspecto brilhante e luxuoso, como se o salão tivesse recém sido inaugurado; com o olho direito, eu via uma escada suja, mal conservada e com pontos apodrecidos em quase todos os degraus. Temi pela minha sanidade naquele momento, e pelo que veria quando encarasse a mulher no escritório.

Como só uso a minha coragem em situações extremas, e a minha tendência cética ainda acreditava que estava tudo sob controle, resolvi ingressar no escritório com o olho direito tapado.

Era um escritório grande, tinha as paredes forradas com madeira escura. Uma prateleira cheia de livros dava um toque de classe ao local. Sentada atrás de uma ampla mesa de carvalho, estava uma linda – mas linda mesmo! – mulher. Devia ter mais de trinta e menos de quarenta anos. Dona de uma pele amorenada, tinha longos e sedosos cabelos pretos até quase a cintura. O rosto com traços africanos revelava uma mulher acostumada a ser obedecida. Usava um vestido comprido verde-escuro com toques florais timidamente estampados em diversos lugares. Quando falou, com voz suave, mas plena de autoridade, senti-me como um cachorrinho aguardando a ordem para ir buscar seus chinelos.

– Jeremiah? Vulgo "O Profeta"?

Resolvi destapar o outro olho antes de responder, apesar da ânsia de não deixar aquela mulher sem uma resposta imediata. Era melhor procurar entender o que estava acontecendo e ganhar algum autocontrole antes de dizer qualquer besteira que me comprometesse.

Felizmente, a expectativa superava a realidade no quesito "horror", mas é verdade que não encontrei um mar de rosas. Meu olho ruim vislumbrou um quarto escuro, iluminado apenas com meia dúzia de velas brancas. Parte do revestimento de madeira das paredes havia desaparecido, a escrivaninha imponente não passava de um móvel velho e carcomido, a estante trazia ainda alguns livros, mas eles tinham aparência decaída e eram escritos em outra língua. A mulher ainda trazia a mesma aura de autoridade e temor, mas aparentava uns trinta anos a mais. Os cabelos continuavam longos, mas o viço os havia deixado há muitos anos e o negrume era entremeado com grandes mechas de fios brancos. O vestido estava cortado na altura dos joelhos e já não tinha mangas. Percebi que, no chão, uma série de desenhos havia sido traçada, com cal, provavelmente. A visão geral não era agradável e, perceber os dois ambientes sem saber de fato qual era o real podia deixar um homem louco.

Exatamente como eu ficaria se não sumisse logo dali.

Acho que demorei demais para responder, pois, de repente, minha anfitriã pareceu bem contrariada.

– Sim, senhora, ao seu dispor! – autocontrole zero.

– Mama Belle não gosta de esperar tanto por uma simples resposta, mas já vi que o seu caso é diferente. E foi por isso que o atraí para o meu *saloon*.

Falar de si mesma em terceira pessoa é mau sinal, mau mesmo.

– Como assim me atraiu? Ninguém me atraiu para cá, eu só estou de passagem enquanto faço um serviço para...

– Eu o atraí, sim! Acredite o senhor ou não, eu o atraí, e por um bom motivo! Preciso que faça um servicinho para mim.

CHRISTIAN DAVID

Era difícil resistir aos pedidos daquela mulher, ela exercia algum tipo de força sobre todos no *saloon* pelo que eu podia perceber. Tive de recorrer a toda minha força de vontade para retrucar suas palavras novamente.

– Apesar do que disse antes, eu não estou ao seu dispor! Estou no meio de um contrato e pretendo cumpri-lo até o fim. Portanto, se nos próximos dez minutos eu não tiver uma boa razão para lhe prestar esse servicinho, vou sumir daqui antes que você consiga dizer "detesto ser contrariada" ou algo do tipo.

Respirei fundo, esperando a fúria daquela mulher. Não que eu não seja corajoso, mas a mulher poderia gritar e, não sei se já disse antes, detesto gritos.

Para a minha surpresa, após alguns segundos de imobilidade, a moça/velha sorriu e pareceu tranquilizar-se. Pude, finalmente, soltar o ar dos pulmões.

– Bem que eles me falaram que você era diferente. É bom saber disso, pois talvez seja mesmo a pessoa certa. Venha comigo!

Saímos do escritório e fomos para a sala ao lado.

O olho bom me mostrou uma sala simples, com duas poltronas confortáveis em posições opostas, afastadas cerca de dois metros uma da outra. O olho ruim mostrava dois banquinhos nas mesmas posições das poltronas, em meio a uma sala com o chão todo rabiscado. Alguns ossos de animais estavam espalhados pelo chão, e diversos frascos contendo líquidos estranhos repousavam pelos cantos. Alguns, pela cor, pareciam conter sangue, uns se encontravam em uma prateleira no fundo da sala e outros continham estranhos pós. Um aroma adocicado misturado ao cheiro de algo estragado envolvia o local. Como eu estava muito cansado, tentei me concentrar no olho bom e sentar em uma das poltronas; os banquinhos pareciam desconfortáveis.

Sentamo-nos. Mama Belle cruzou as pernas e juntou as pontas dos dedos perto do rosto ao acomodar os cotovelos sobre os braços da poltrona. Ficou alguns segundos me observando, com as mãos juntas, os dedos de movendo, como uma aranha no espelho. Parecia mesmo uma aranha pronta a dar o bote em uma mosca. Como se sabe, o próximo passo seria injetar veneno e sugar o interior liquefeito da presa. Eu realmente precisava fazer alguma coisa.

– Ok. Vou ou não saber a razão que vai me fazer prestar o serviço? Já se passaram três minutos – tentei parecer irônico, mas acho que o tom saiu mais amedrontado do que eu planejara.

– Vai saber, sim, Senhor Profeta. Acho que o senhor ainda não compreendeu a sua situação.

– E que tal começar por esclarecer quem são "eles", que falaram que eu era diferente? E diferente de quê?

– Tudo a seu tempo! – ela gritou, fazendo uma careta de dor.

Gelei.

– Vou começar do princípio para que o senhor entenda. Há cerca de vinte e cinco anos, este *saloon* era um local conhecido em toda a região, e eu era uma recém-chegada a esta outrora próspera cidade. Comecei ajudando na cozinha e na arrumação dos poucos quartos que eram alugados pelo proprietário. William parecia uma boa pessoa, e era também chegado aos encantos femininos, fato que logo me fez ficar em sua mira. Em pouco tempo começamos um relacionamento e acabamos vivendo juntos por mais de um ano. Infelizmente, minha alegria não durou muito mais do que isso, pois William cansou-se de mim e me trocou pelo primeiro rostinho bonito que colocou os pés neste *saloon*. Voltei a ajudar na cozinha e a arrumar quartos. Você a conheceu, Lucy foi a que me sucedeu no coração dele. Entretanto, como era próprio de William ela também não ficou o suficiente para esquentar a cama. Por meses vimos as saias sucederem-se na cama de William e, apesar de inimigas, planejamos juntas uma vingança. Está me escutando?

Belle colocava a mão sobre o ventre e suava muito a essa altura, eu via isso por qualquer um dos olhos. Dessa vez não demorei para responder.

– Claro, continue.

– Fui criada no sul, em New Orleans. Minha mãe era originária do Haiti e praticava a religião vodu, coisa à qual eu nunca havia dado muita importância. Sempre procurei me integrar ao máximo à cultura local, tentava não ser diferente, bastava já não ter pai e ser mestiça – mãe haitiana e pai norte-americano. Mesmo assim, aprendi muito sobre o vodu ainda na infância. Minha mãe dizia que, em algum momento, eu seria chamada aos antigos ritos e deveria atender a esse chamado.

O FILHO DO AÇOUGUEIRO

Senti o sangue ancestral me chamando quando precisei ensinar uma lição a William. Eu ainda tinha os livros de minha mãe escritos em francês, língua com a qual tenho alguma familiaridade. Guardava também muitos dos seus diários com anotações e desenhos, e me lembrava dos rituais dos quais ela participava e que eu assistia. Em poucos meses, fiz diversas experiências e percebi que tinha talento para a coisa.

Primeiro, ataquei a virilidade de William. Por semanas, as mulheres que ele trazia para cá só o deixavam mais enfurecido, pois ele não tinha sucesso em arrancar prazer das coitadas. Depois, tratamos da sua saúde. William passou a sofrer terrivelmente e a depender de nós duas para tudo, nem desconfiava que Lucy e eu colocávamos veneno na sua comida e a envolvíamos em rituais enquanto dormia. Não sei como aconteceu. Ainda hoje, passados mais de vinte anos, não consegui arrancar de Lucy se ela teve algum envolvimento na desconfiança que se instalou na mente de William. Talvez ele tivesse feito a ela alguma promessa de amor eterno, ou coisa do gênero, caso ela contasse algo que ele já pressentira, realmente não sei. Mas o fato é que em uma bela manhã, quando eu já me sentia a dona do local e William parecia depender principalmente de mim para tudo...

Mama Belle ofegava e esforçava-se para continuar falando. Eu não mexia um músculo.

– Quando me sentia dona da situação, poderosa, feliz por ter um *saloon* daquele nível e pessoas me adorando, William entrou nessa mesma sala, caminhando com dificuldade e, tirando forças não sei de qual buraco obscuro de sua alma, assoprou em meu rosto um pó que tinha na mão direita. Assustada, inspirei aquela nuvem maldita e fiquei tossindo por alguns minutos. William desapareceu e fiquei me contorcendo de dor. Eu conhecia o veneno, era o mesmo que usávamos em pequeníssimas doses para debilitar a saúde dele. Na quantidade que eu havia inspirado, era morte certa em algumas horas, dez ou doze horas talvez, com um mínimo de sorte. Lembrei-me, então, de um feitiço sobre o qual eu já lera muito, mas que nunca pensara em utilizar devido à sua dificuldade e ao meu pouco conhecimento. Os livros, pelos quais eu o conhecia, descreviam parte do feitiço, mas mencionavam um ingrediente secreto perdido no tempo, sem o qual o feitiço não funcionaria. Era um feitiço de prolongamento da vida. Consultei avidamente, nas poucas horas que me restavam, tudo o que consegui reunir sobre o assunto. Eu haveria de sobreviver e caçaria William aonde quer que ele fosse. Descobriria também o envolvimento de Lucy e se fora ela que indicara a ele o pó venenoso. Tracei o desenho no chão, conjurei os espíritos e recitei as rezas mágicas. Um Loa, um espírito do tipo Petro, atendeu-me e disse que os ingredientes perdidos eram justamente uma mulher traída e a morte iminente da feiticeira, e que, no caso, eu poderia fazer os dois papéis no ritual. Identificou-se como Mestre Encruzilhada. Eu não conhecia ainda a fundo tudo que envolvia esses feitiços vodu, era uma iniciante, utilizava a religião vodu para meus propósitos egoístas e devo ter sido motivo de curiosidade para o espírito que atendeu ao meu pedido. Mas eu estava disposta a tudo, não tinha opção, era isso ou a morte. O Loa atendeu meu pedido, porém, combinou-o com uma maldição: eu viveria, sim, por muito tempo, para sempre talvez, mas sempre o mesmo dia. Continuaria dona daquele *saloon*, sim, mas somente dele. Ele seria meu mundo e meu reino. Os frequentadores do *saloon* seriam meus eternos fregueses e súditos, e também condenados a viver comigo eternamente, repetindo as mesmas coisas todos os dias. Nem sei em que ano estamos, calculo que tenham se passado mais de vinte anos, e o meu coração continua preso naquele dia em que fui envenenada.

Percebi que Belle estava a ponto de gritar novamente, um daqueles gritos duplos que eu detestava e que habitavam meus pesadelos. Fui obrigado a fazer uma das duas coisas para as quais eu mais tenho talento. Girei nos calcanhares e disparei escada abaixo.

Aquela loucura toda era demais para mim, não queria saber de feiticeiras vodu, Loas ou feitiços de qualquer ordem, muito menos de traições, vinganças e mulheres enganadas. Essas últimas eram ainda mais perigosas do que qualquer ser sobrenatural. Quando cheguei, em disparada, à porta vai-e-vem do *saloon*, ainda pude ouvir o grito de Mama Belle. Atravessei-as voando.

Adentrei o *saloon* com um sentimento de *déjà vu*. O lugar estava movimentado e abafado. Um cheiro acre preenchia o local, mas eu não podia continuar minha jornada sem um prato de comida e alguns minutos longe da sela de um cavalo. Não havia mesa desocupada, mas consegui uma brecha junto ao balcão e esperei que a garçonete me atendesse.

– Olá, novato! E então? Vai resolver o nosso problema ou pretende ficar correndo para fora do salão até virar comida de vermes?

De repente a realidade me voltou como uma flechada no cérebro. Lembrei-me de Mama Belle e de todo o resto. Não fiquei nem um pouco feliz. Precisei de alguns segundos de concentração para não chorar como criança.

– Alô, novato? Tem alguém aí?

Encarei Lucy o mais sério que consegui. Ela tinha um sorriso debochado no rosto e sua cara me dizia "seja homem!".

Bem, acho que não fui. Novamente exerci uma das minhas duas maiores habilidades, girei nos calcanhares e corri rumo às portas do *saloon*.

Não havia mesa desocupada, consegui uma brecha junto ao balcão e esperei que a garçonete me atendesse.

– Sabe, novato, não sei o que Mama Belle viu em você. É o pior candidato a "salvador" que eu vi nos últimos dez anos! É bem verdade que houve aquele que se urinou todo há uns sete anos, mas talvez você se iguale a ele nos próximos dias. Nunca se deve duvidar da estupidez das pessoas.

Desta vez a realidade desceu lentamente como uma garoa refrescante, uma daquelas chuvas que parecem impossíveis de molhar alguém e deixa todos encharcados. Foi assim, fiquei encharcado de realidade e, tal como a garoa, foi refrescante.

– Ok. Não vou correr mais. Posso não ser dos mais corajosos, mas sei admitir quando alguém me pegou. E, além do mais, não sou estúpido, correr quase sempre é uma boa opção.

– Pode ser, mas quanto à estupidez ainda vamos ter que verificar. Mama Belle já lhe contou tudo? Qual versão ela contou desta vez? A da mulher traída ou a da dívida de jogo? Ou alguma outra mais nova?

– Mulher traída – revelei a contragosto para a garçonete mais metida à esperta da região.

– É uma boa versão, quase verdadeira. E o que você vai fazer?

– Tentar conhecer mais um pouco do que acontece aqui até encontrar uma solução.

– Conhecimento nunca é demais, mas não demore muito. Cada dia que passa você vai ficando mais e mais preso à rotina do *saloon*, até que não restará alternativa, senão repetir os mesmos passos e rezar para que uma bala não o atinja. Muitos já morreram por causa da cabeça de peixe dos nossos amigos do carteado. O perdedor sempre saca a arma e sai atirando para todo lado.

– Se muitos morrem, o *saloon* não deveria estar mais vazio?

– Eles morrem, mas continuam fazendo as mesmas coisas que faziam enquanto viviam. A maldição que nos pegou não faz distinção entre mortos e vivos.

CHRISTIAN DAVID

– Então, como saber quem morreu e quem continua vivendo?

– Alguns eu lembro que já morreram, outros não tenho certeza. Estou sempre muito ocupada com a cozinha e em atender os clientes, principalmente os novatos como você. E a tendência é que o *saloon* encha cada vez mais. Não sei onde vamos parar se Mama continuar atraindo forasteiros para cá.

– E como ela faz isso?

– Não tenho certeza, mas, mesmo com a cidade vazia, os estranhos continuam chegando, esparsamente, mas chegam. Dizem que foi a corrida do ouro que esvaziou a cidade, mas eu continuo achando que é a podridão que exala deste local que expulsou as pessoas da região. E não estou falando só do cheiro, algo mais terrível e mais podre habita por aqui, dá pra sentir a maldade nos ossos.

Vi Luke se aproximando com a cara cheia de sorrisos, o cheiro parecia estar piorando.

– E então, novato? Como vai o mundo lá fora?

– Já não sei ao certo.

– Ah! Vamos lá, novato. Não tenho notícias há meses sobre "lá fora". Qualquer coisa serve! Por exemplo, alguém da sua família casou recentemente? Alguém teve filhos? Ou, então, como vão os tratados com os malditos peles-vermelhas? Já capturaram Billy The Kid? Qualquer coisa serve...

– Chispa, Luke! Deixe o novato em paz! Ele tem mais o que fazer!

– Ok, então. Aproveite o dia, novato.
Luke saiu resmungado algo como "o novato parece tão legal, ninguém nunca me deixa falar com os novatos".

– Peço que perdoe o Luke novamente. Como lhe disse, ele está numa fase difícil...

– E fedorenta! Ainda bem que saiu de perto, ou eu teria que vomitar o que não tenho no estômago.

– É a fase. Decomposição é difícil para todo mundo.

– Então o cheiro é porque ele está...

– Isso mesmo, decompondo-se, morreu em um tiroteio há algumas semanas, graças a essa mania de falar com todo mundo. Se ele cuidasse somente da própria vida, poderia estar com um aroma melhor.

Aquele grito surgiu do nada, de novo. Eu estava quase disparando *saloon* a fora, enquanto tinha forças para isso, quando lembrei que o problema era um pouco mais sério. Gritos sobrenaturais estavam parecendo doces sonhos de criança frente à confusão em que havia me metido. Talvez eu ficasse curado do horror a gritos, afinal. Meu pai sempre me dizia que é preciso ver o lado positivo das coisas, isso quando não estava me castigando por ser diferente ou ajudando o padre a me exorcizar.

– Pronto, começou. Pobre Mama Belle, ser obrigada a passar por isso todo santo dia é demais para a coitada – comentou Lucy, com a cara mais deslavada que eu já vi, arrematando o comentário com uma gargalhada nada sutil.

– Lucy! – gritou a mulher no alto das escadas. – Peça ao nosso convidado que suba imediatamente! – Aproveite enquanto ela o chama de convidado. Se você não fizer o que ela quer, o tratamento vai ser outro. Aproveite o dia, novato!

Agora eu entendia por que Lucy e Luke repetiam aquele bordão, o dia era tudo o que se podia ter naquele *saloon*.

Subi a escadaria rapidamente. Belle me aguardava na segunda sala.

Esperava-me com um belo sorriso no rosto. Como eu já adivinhara, o meu "bendito" olhar duplo retornou. A proximidade com aquela mulher fazia o meu corpo manifestar estranhas reações. Talvez fosse auto-preservação.

– Então, meu campeão, já se decidiu por me ajudar?

Era difícil dizer não àquela mulher. Não era mais a iniciante em magia vodu, devia ter aprendido muito nas últimas duas décadas, especialmente sobre como exercer domínio sobre as pessoas. Havia toda aquela legião de fregueses lá embaixo que nunca tinha se atrevido a desafiá-la.

Não sei se seria eu a conseguir desafiar Mama Belle, era quase doloroso não deixar que ela me manipulasse.

– Não costumo ajudar quem me passa para trás.

– Mas eu não o passei para trás, meu querido. Estou "pedindo" sua ajuda, você não é obrigado.

– Sim, e se não ajudar, fico nesse *saloon* para sempre, repetindo as mesmas coisas todos os dias?

O FILHO DO AÇOUGUEIRO

– Bom, realmente é algo de que você não pode fugir, mas como eu pediria a sua ajuda se você não entrasse no *saloon*?

– Poderia ter me pedido ajuda antes que eu comesse daquela comida maldita!

– As coisas não funcionam assim, Jeremiah. Você nem teria chegado até mim se não fosse um dos nossos. E sempre há a opção de que algum outro benfeitor decida me ajudar e nos livre dessa maldição, você só teria de esperar que ele aparecesse. Mas Mama Belle ficaria muito decepcionada com você.

– Ok. Vou ajudá-la como puder, se isso significa libertar a mim também.

– Que ótimo, Jeremiah! Sabia que podia contar com você. O que peço é bem simples...

– Diga.

– Preciso de uma âncora. Alguém que me mantenha presa a este mundo enquanto vou atrás do Mestre Encruzilhada para reaver o que é meu, para reaver o que não me permite ficar livre da maldição.

Felizmente, desta vez, eu havia deixado a visão do olho direito mais livre e podia ver bem que Mama Belle não me recebia desacompanhada naquela sala. Ruim foi sentar nos banquinhos desconfortáveis, mas precisava estar preparado com o máximo de informações para decidir o que fazer. No fundo da sala, duas figuras estranhas nos fitavam e prestavam atenção absoluta à nossa conversa. Eles podiam ser gêmeos, mas eu desconfiava que só eram tão parecidos porque se vestiam

29

rigorosamente iguais. Eu já tinha ouvido falar sobre vodu e coisas do tipo, o padre que tentara me exorcizar era bom conhecedor do assunto e gastou meus ouvidos com falatório sobre magia, forças das trevas etc. Como se não houvesse luz e trevas em todo lugar, ou religião. Pois aqueles dois fariam o meu amigo padre achar que os anos de estudo valeram a pena, eram exatamente como ele descrevia. Eram negros, vestiam casacas pretas sobre o peito nu, usavam cartolas e tinham os rostos pintados de branco. Reparei em apenas mais um detalhe não descrito pelo padre: ambos usavam coldres e mantinham as mãos prontas para a ação.

– E o que o tal Mestre Encruzilhada levou de tão precioso?

Achei que Mama Belle ia fazer alguma coisa para me ver corado, pois abaixou o vestido do lado esquerdo até abaixo da região do seio, mas quando olhei melhor fiquei com vontade de vomitar. A feiticeira havia abaixado não só o vestido, mas a própria pele e a carne do corpo, revelando um espaço vazio onde deveria estar seu coração. Sempre tive o estômago fraco, e aquele tipo de coisa me dava náuseas.

– Coração traído de feiticeira vale muito lá do outro lado, sabia?

Procurei parecer o mais frio possível, minha fama de valente não andava muito boa por aqueles lados e a última coisa de que precisava era vomitar sobre as próprias botas.

– Ok. O que você quer que eu faça especificamente?

– Servir de âncora não é difícil, apesar de ser perigoso e de necessitar de alguém com muita coragem.

Se ela pensava que me bajular era um bom caminho para conquistar minha ajuda e disposição, conhecia-me menos do que eu pensava. E eu me conhecia muito bem para saber até onde ia a minha coragem, ela não iria muito longe.

– Para servir de âncora é preciso ter, em primeiro lugar, uma mão firme.

Belle levantou-se e segurou minha mão. E, céus! Aquela era uma mão bem quente e macia para alguém que não tinha um coração e que estava há vinte anos desligada do mundo, sem falar que tinha, na verdade, o dobro da minha idade.

Ainda segurando minha mão ela continuou.

– Em segundo lugar, a âncora precisa ser uma pessoa sensível e que tenha a habilidade de ter um olho nesse mundo e outro no lado de lá. Você tem essa habilidade, Jeremiah?

Ótimo, ela não me conhecia "mesmo" tanto assim. No entanto, exercia sobre mim uma influência irresistível. Sim, eu tinha essa habilidade.

– Sim, Mama! Eu tenho essa maldição. – falei com voz arrastada. Ok, admito, era difícil não ficar babando por aquela mulher.

Ela jogou a cabeça para o alto e deu uma sonora risada, quente e envolvente, exatamente como ela me parecia naquele momento. Após colocar as cartas na mesa, a feiticeira devia considerar que a sorte lhe sorria, finalmente.

31

– Sabe, meu campeão, desde aquele dia, tantos anos atrás, eu nunca mais tive o prazer de me encontrar com Mestre Encruzilhada, e agora, graças à sua ajuda voluntária, acho que ele vai ter uma agradável surpresa. Satânica é a palavra que descreve a gargalhada que ela deu. E eu estava um caco. Do jeito que entendia o tempo, já não dormia há pelo menos dois dias, e não conseguiria encarar nenhum Mestre Encruzilhada no meu estado. Além do mais, não tinha calças extras na mala para me dar ao luxo de elevar o nível dos sustos que eu já vinha levando. Busquei o resto das forças que tinha para impor pelo menos uma condição.

– Mama, eu estou morto! – percebi que isso tinha soado estranho – Peraí, peraí! Essa é uma frase que eu espero nunca usar neste *saloon*. Quis dizer muito cansado! Antes de poder te ajudar preciso descansar! Ainda que os dias sejam todos estranhos por aqui, preciso de pelo menos uma soneca, senão será impossível ancorar até mesmo um barquinho de papel.

Mama ficou inexpressiva por um ou dois longos segundos e, por fim, falou:

– Claro, meu querido! Tire este dia de folga! Use um dos quartos vagos aqui deste andar e bom descanso, nos vemos amanhã.

Percebi que havia sido dispensado, mas não me importei, precisava mesmo descansar o esqueleto. Ops! – frase perigosa de novo. O primeiro quarto que achei com uma cama confortável me pareceu o paraíso.

Os gritos de Mama Belle a intervalos regulares e o constante som de tiros no *saloon* tornaram meu sono difícil, mas consegui adormecer.

Só me lembro de entrar novamente pelas portas vai-e-vem. Desta vez, avistei uma mesa vazia. Parece que ser o "salvador" daquele pessoal trazia algumas vantagens, afinal.

Lucy logo chegou com um prato de comida.

– E desta vez a comida é boa?

– Continua sendo ruim, mas o pessoal que está aqui há mais tempo até que gosta.

– Bom, considerando que a maior parte deles não tinha bom gosto nem quando estavam vivos, acho que vou passar.

– Você é quem sabe. É hoje o grande dia?

– Grande e terrível. Grande para quem vai assistir de camarote e terrível para mim, que nem sei bem em que estou me metendo. Aliás, aposto que você sabe mais do que me contou, Lucy. O que vai acontecer realmente?

– O que vai acontecer eu não sei, mas não vou mentir para você. Preciso dizer que você não é o primeiro em que Mama Belle depositou suas esperanças de se livrar da maldição, outros seis já tentaram.

– Seis? Tudo isso? E onde estão? Eu gostaria de pegar mais informações.

– Seis subiram aquela escada e seis entraram naquela sala, mas nunca mais os vi, não sei o que Mama fez com eles.

Senti uma gota de suor frio escorrendo desde o alto das minhas costas, causando-me um calafrio. Precisava mesmo de uma boa ideia para me livrar daquela situação.

– Muito animadora sua revelação.

– Você não queria informações? Pois faça o melhor uso que puder delas, elas são poucas e caras, vou me incomodar quando Mama souber que eu contei a você. Aliás, Mama Belle é o nome que ela adotou após se tornar uma feiticeira, o seu verdadeiro nome é Elisabeth. Outra informação que vai me causar problemas.

Agradeci à Lucy e resolvi acabar logo com aquilo. Pior do que um fim trágico é esperar por um fim trágico; queria resolver tudo de uma vez.

Subi as escadas pensando mil coisas. Não tinha muitas ideias sobre o que fazer em seguida. O que teria acontecido com os outros seis "salvadores"? Será que morreram e ficaram lá em cima? Ou será que passaram para o "outro lado"? E se tudo que Mama Belle havia me contado até agora fosse um monte de mentiras e ela fosse uma espécie de exportadora de almas para o outro mundo? Ou pior, e se ela se alimentasse desses pobres coitados para poder manter aquela aparência de eterna juventude? Eu não tinha ideias de como me safar, mas estava cheio de ideias que me apavoravam.

Cheguei ao quarto do terror bem no instante do primeiro grito da manhã. Já estava quase me acostumando com isso.

Após se recuperar, Mama Belle me recebeu novamente com um sorriso.

– Estamos prontos para hoje?

– Tão pronto quanto eu consigo estar – acho que foi uma resposta bem esperta para aquela feiticeira, que já começava a me cansar com suas manipulações hipócritas.

– Ótimo. Podemos começar?

Eu não queria começar, mas quanto mais cedo começasse mais cedo acabaria. Ou resolvia tudo ou morria, e não se falava mais nisso. Os dois capangas vodus continuavam controlando tudo e prontos para a ação. Postaram-se mais ou menos um metro atrás da poltrona da patroa e ficaram me fitando com um sorriso debochado.

A primeira era correr, mas não falei ainda sobre a segunda coisa que melhor sei fazer, sobre a minha tal segunda habilidade, além desse esquema de pressentimentos e tudo mais. Pois justamente esses tais pressentimentos que eu não gostava muito de admitir é que me fizeram entender o quanto esta minha segunda habilidade seria necessária.

Sentei-me na poltrona/banquinho em frente à da Mama. Estávamos separados por uns dois metros. Se eu fosse fazer alguma coisa, teria de ser agora. Mama Belle estava com os olhos baixos enquanto murmurava alguma ladainha. Quando levantou os olhos em minha direção, senti uma espécie de pressão no peito e fiquei totalmente imobilizado. Belle copiou o sorriso dos capangas e começou a entoar as palavras desconhecidas em um tom mais alto. Gritei, e me assustei com meu próprio grito. A única parte do corpo sobre a qual eu parecia ter domínio era a boca. Senti que alguma coisa estava sendo puxada de dentro de mim. Tinha a certeza de que iria morrer. Uma espécie de névoa tomou conta do lugar, e eu não me senti ancorando nada, tive certeza de que essa história de âncora não passava de uma conversa para me manter cooperativo. Eu já sabia exatamente o que eu faria se conseguisse mexer algum músculo, colocaria a segunda habilidade em prática já que a primeira, e preferida, não estava resolvendo. No entanto, Mama Belle parecia tão concentrada que eu duvidava que conseguisse quebrar sua concentração a fim de recuperar o domínio sobre meu corpo. Então, me veio uma daquelas improváveis, mas inspiradas, ideias. Já que era praticamente a única coisa que eu conseguia fazer, gritei o mais alto que pude o verdadeiro nome de Mama Belle. Senti sua concentração enfraquecer por alguns segundos.

O tempo foi mais do que suficiente para eu sacar minha arma e acertar os dois capangas antes que eles sequer levassem as mãos em direção ao coldre.

A feiticeira voltou a me fitar, mas, em vez de o sorriso debochado, todo o seu rosto era súplica. Felizmente, eu não tinha muito tempo para pensar, de modo que disparei o terceiro tiro que a atingiu no meio da testa. Não quis ficar muito tempo olhando o estrago que fizera. Já falei que tenho estômago fraco? Levantei-me e me dirigi à porta o mais rápido que pude. Não sei como a mulher ainda teve força para soltar mais um daqueles gritos sobrenaturais que tanto medo me causavam. Causavam.

Desci as escadas ansioso para avisar Lucy que ela estava finalmente liberta. Esperava que pelo menos mais uma dúzia de clientes do *saloon* estivesse viva e também ficasse feliz com a recente liberdade. A escada carcomida quase cedeu sob meu peso.

Encontrei Lucy junto ao balcão, debruçada sobre ele. Era só um vestido cheio de ossos. Preferi acreditar que o sorriso na caveira de Lucy era um sorriso verdadeiro, que ela estava finalmente feliz. Procurei por sobreviventes no *saloon*, vi Luke apodrecendo em um canto, e a mesa de carteado com os esqueletos ainda com as cartas na mão. Vomitei ao ver o prato cheio de vermes no qual dei uma garfada no primeiro dia.

Não havia uma só alma viva naquele lugar.

Saí calmamente. Encontrei meu cavalo nervoso, mas vivo. Ele teria de aguentar mais algumas milhas. Meu principal objetivo era colocar alguma distância entre mim e aquela cidade maldita.

E eu ainda tinha um contrato a cumprir.

# O filho do açougueiro

Primeiro só ouvi os gritos. Minha irmã menor, imóvel ao meu lado, felizmente não ouvia nada. Gritos horrendos, gritos pedindo perdão, gritos de medo, gritos de pessoas desesperadas.

Minha família.

Depois, vieram os pedidos:

*Salve-nos, Guilherme, precisamos de você! Filho, é sua mãe quem chama, é só você vir aqui que eles nos deixarão ir, confie em mim! Venha até aqui neste exato minuto, meu filho, obedeça a seu pai agora mesmo.*

No entanto, eu ouvia muito bem quando eles cochichavam sobre como iriam me atrair para me juntar ao resto da família. Eles nunca estavam satisfeitos, carne humana tinha esse efeito nesses monstros, fazia-os ficarem incontroláveis, famintos por aquele gosto que consideravam insuperável.

*Ajude-nos, Guilherme, precisamos de você!*

Todos os meus irmãos atenderam aos pedidos das vozes que eles conheciam tão bem, apesar das minhas súplicas para que não fossem. Eu não. Eu já conhecia aquele jogo e não pretendia perder.

Ser filho do açougueiro do vilarejo dá certo prestígio. Prestígio que vem acompanhado de inveja disfarçada. As outras crianças sempre te veem como aquele menino que come carne todos os dias, artigo escasso nas mesas da maioria dos aldeões. Não vou dizer que não exista certa verdade nisso, mas, com essa abundância de carne em casa, meus pais passaram um pouco da conta e se viram com o problema de ter que alimentar os sete filhos que sobreviveram após o primeiro ano de vida. Isso reduziu bastante as chances de se ver carne em nossa mesa e, mais ainda, de comer carne todos os dias.

Meus cinco irmãos mais velhos são fortes e robustos. Pedro, o mais velho, é um touro, e atualmente ajuda meu pai no açougue, seguido por Catherine e Joaquina, as gêmeas sonhadoras que crescem rápido e conseguem tudo o que querem piscando os longos cílios que emolduram os belos olhos azuis. João e José vêm logo em seguida, dois pequenos atletas de quinze e quatorze anos que caçam melhor do que ninguém. Esses cinco são a aposta dos meus pais para uma velhice segura e venturosa. Os meninos são capazes de conquistar o coração de uma bela moça, um reino ou uma gorda bolsa de ouro com algum trabalho estúpido que requeira músculos, e as meninas devem se casar com um rico comerciante ou, até mesmo, com um nobre. Os cinco têm todos os privilégios. Eu perdi a corrida logo no início da minha vida curta de até então treze anos. Pouco antes dos dois anos de idade minha perna direita passou a apresentar problema de crescimento, e desde cedo uso uma muleta para locomover meu corpo fraco. Tenho também uma irmã de cinco anos que veio fora do prazo e vive praticamente grudada em mim, já que meus pais não se mostraram dispostos a criar uma filha que não fala nem escuta e que parece deslocada demais para contribuir com a família. Nós dois vivemos quase bem com o que sobra da mesa, mas poucas vezes sobra carne. Temos de conviver com a inveja fora de casa e com a escassez da porta para dentro. Ainda assim, tenho uma família que me acompanha nas festas e me dá um teto e um cobertor quente nos dias de frio. Nos dias de muito frio, porém, temos de nos virar quando alguém, no meio da noite, decide ficar com dois cobertores em vez de um.

Não conto tudo isso para reclamar, encontrei minhas compensações em ser o filho que não é uma aposta no futuro. Que eu tenha sobrevivido já é um espanto. Não recebo cobranças nem ninguém me obriga a ser algo que eu não queira. Não esperam nada de mim, e isso é libertador. Meus irmãos mal conseguem juntar duas palavras quando se trata de falar sobre qualquer coisa que não seja sobre suas necessidades básicas. Já eu, vagando pelas ruas e buracos do nosso pequeno vilarejo, descobri artistas, contadores de histórias e religiosos apaixonados que me ensinaram mais sobre a vida do que qualquer ocupação normal faria. Informalmente, me iniciaram na leitura, nas artes e nos mistérios do universo. Com o carvão que cato das fogueiras reproduzo o rosto de qualquer pessoa em poucos minutos, e sou capaz de confundir um adulto pouco esclarecido em uma conversa sobre quase qualquer assunto. Habilidades idiotas e inúteis, como diz meu pai.

E meus pais não sabem, mas, mesmo apoiado em uma muleta, sou capaz de limpar e cortar uma peça de carne melhor que meu irmão mais velho ou que meus irmãos caçadores.

Nossa casa é boa, já me acostumei com o cheiro de fumaça que impregna a única casa de pedra da aldeia, mais uma coisa para nos fazer diferentes do resto do povo. É um cômodo feito de pedra sólida, restos de um antigo moinho que meu pai adaptou para moradia e armazenagem da carne. Dormimos e defumamos nossa carne, quando é necessário, nesta casa de pedra, mas todo o trabalho do açougue é feito em um amplo cômodo de madeira ligado ao de pedra por um curto corredor sem paredes laterais.

A peste dos porcos pegou minha família de jeito. A pequena criação que abastecia nosso açougue foi praticamente dizimada. Tentamos de tudo para manter nossos animais vivos, mas perdemos de vez todos os porcos quando algum bandido aproveitador iludiu meu pai vendendo-lhe uma terra escura, com cheiro de cadáver, que prometia ser um ótimo remédio contra a doença ao ser consumida junto com a ração. Era, na verdade, um veneno ainda mais mortal. Carne passou a ser artigo raro até mesmo para os mais afortunados. Pelo que soubemos, a mesma peste atingiu todas as aldeias da região. Pouco tempo depois, nosso bondoso Rei declarou a floresta como território proibido para quem não fosse nobre, e decretou que qualquer caça abatida sem autorização da Casa Real seria punida com execução do infrator em praça pública.

Felizmente, volta e meia algum nobre nos trazia sua caça, ou até mesmo o próprio Rei nos contratava para fazer o trabalho de cortar e limpar as caças que os nobres abatiam. Sempre sobrava alguma parte considerada de menor importância culinária que nos deixavam trazer para casa e aproveitar como melhor nos conviesse.

Não muito depois disso começaram os problemas com os trolls.

Ocasionalmente, os trolls roubavam um porco vivo ou, até mesmo, uma peça deixada no açougue. Como não gostavam de se arriscar, porém, mantinham-se na floresta e abatiam toda a carne que conseguiam. Com a escassez e toda a nobreza retirando sua carne da floresta, começaram a acontecer alguns confrontos. A situação ficou crítica quando um nobre foi morto por um troll em uma disputa por um cervo. Após consumir todo o cervo, o troll achou por bem provar a carne humana.

CHRISTIAN DAVID

Infelizmente para a nossa espécie, desde então, carne humana passou a ser um vício para alguns desses trolls. Se não fosse pela escassa inteligência desses seres, toda a raça humana da região teria sido consumida em meses. No entanto, apesar de algumas habilidades interessantes, como a perfeita imitação da voz humana e um apuradíssimo olfato, os trolls eram basicamente estúpidos e supersticiosos. Acreditam facilmente em alguém hábil com as palavras ou que mostre alguma coisa que eles considerem "magia" ou "coisa do além".

Quando acordei naquela manhã, me admirei com o dia claro e o céu limpo, pois me lembrava de ter ouvido pelo menos meia dúzia de sons que pareciam trovões durante a noite. No final da manhã, somente meu pai estava no açougue. Não se conformava em ter as bandejas vazias e nada para oferecer aos fregueses, e nada com o que pudesse sustentar a família. Nesses dias, era melhor eu nem abrir a boca, uma boca a mais era algo que meu pai não queria perceber naquela situação. Todos nós, minha mãe e meus irmãos, ficamos no cômodo de pedra envolvidos em outros afazeres ou simplesmente poupando energia enquanto a comida não vinha. O estoque de cereais já estava quase acabando e vivíamos racionando o pouco que restava. Nossos vizinhos, que antes nos invejavam, agora riam por detrás das portas e das janelas por ainda terem o cereal, tão pouco valorizado antes da peste.

Um grito curto e um baque seco foram as primeiras coisas que ouvimos. Minha mãe agarrou um machado e foi, pé ante pé, até o cômodo de madeira que ainda chamávamos de açougue. O grito dela foi mais alto e longo, mas seguido de silêncio como o outro. Pedro quis ir logo verificar o que havia acontecido, mas teve de acalmar as gêmeas, que começaram a chorar histericamente. João e José, sempre tão brincalhões e debochados, estavam quietos e com os olhos arregalados. Ao final de uns quinze ou vinte minutos, ouvimos nossos pais conversando nervosamente com outras duas pessoas. O primeiro, que parecia ser quem dava as ordens, tinha uma voz grossa e retumbante, o outro, uma voz rouca com alguns espasmos agudos. Não conseguíamos ouvir exatamente o que diziam, mas certamente não trocavam elogios. Ordens truculentas por parte dos invasores e negações por parte dos meus pais foi tudo o que conseguimos perceber. Pedro encheu-se de coragem e decidiu fazer algo, apesar das súplicas das gêmeas de que não as deixasse. Pedro sempre gostou de usar o cutelo, e foi com ele em mãos que se dirigiu ao açougue. Desta vez, nem o grito ouvimos, somente o baque de um corpo caindo.

As gêmeas continuaram seu choro irritante e meus outros irmãos pareciam paralisados. O silêncio do açougue foi quebrado pelas vozes de meus pais se alternando em nos chamar:

*Venham, meus filhos, está tudo terminado agora.*

*Sim, crianças podem vir nos ajudar a limpar a bagunça.*

Meus quatro tolos irmãos foram sem demora, ainda que eu os alertasse de que algo parecia muito errado. Ninguém nunca me escutava mesmo, então, aguardei com minha irmã menor o desenrolar dos acontecimentos. Gritos angustiados e barulhos de luta foram tudo o que ouvi por alguns minutos. Então, vieram os pedidos.

*Salve-nos, Guilherme, precisamos de você! Filho, é sua mãe quem chama, é só você vir aqui que eles nos deixarão ir, confie em mim! Venha até aqui neste exato minuto, meu filho, obedeça a seu pai agora mesmo.*

Tão logo perceberam que minha irmã e eu não iríamos sair do nosso abrigo, as duas vozes começaram a discutir entre si. Precisei chegar o mais próximo possível da estreita porta de pedra que dava para o açougue para conseguir ouvir pelo menos parte da conversa.

– Eu disse para você não fazer barulho! Como vamos fazer os outros dois virem pra cá agora?

– Da mesma maneira que fizemos estes virem, chamando-os com aquelas vozinhas engraçadas. E eu não fiz barulho, só dei alguns tapas e tentei não estragar muito a carne, papai e eu detestamos carne estragada!

– Idiota! Você fez muito barulho, sim. Você sempre faz muito barulho, de madrugada ficou dando aquelas cabeçadas na pedra para tentar passar pela porta. Você é tão burro quanto gordo! Ainda bem que eles não acordaram!

– Papai não me acha burro, e gordo você também é, também não passou pela porta!

– Eu sou forte, isso sim, e dessa vez você é quem vai imitar as vozes, minha garganta já está ardendo.

– Deixe aqueles dois pra lá! Já temos sete aqui conosco. E, além do mais, um deles tem uma perna estragada, e eu detesto...

– Sim, já sei, você detesta carne estragada, mas podemos cortar a perna fora e comer o resto. Além disso, tem uma pequena com ele, ou seja, carne bem macia. Eles podem ser nosso lanche antes de levarmos o resto da carne para o papai. Comece logo a chamar nosso lanche, irmãozinho.

Eu já sabia o que estava acontecendo, as vozes dos trolls imitando meus pais pareciam ridículas. Algo precisava ser feito, e rápido.

Fui o mais silenciosamente possível até a porta do açougue, que agora estava fechada. Mesmo mancando, consegui caminhar em silêncio, e entre as frestas da porta pude ver as duas grandes caras feias daqueles sujeitos. Meus pais e irmãos estavam todos no chão, toscamente amarrados e inconscientes. Voltei o mais rápido que pude para a casa de pedra, onde estaria salvo dos trolls.

A única ideia que me veio à mente me pareceu absurda, mas era a única maneira de eu colocar algumas das minhas habilidades em prática. E eu iria precisar de um bocado de sangue frio para que ela funcionasse.

– Acho bom vocês soltarem minha família se não quiserem que eu faça o mesmo com a família de vocês! – gritei o mais alto que pude.

Depois de alguns segundos de silêncio seguido de minutos de gargalhadas eles responderam:

– E o que um pirralho manco como você poderia fazer com a nossa família, que está bem protegida no meio da floresta? Venha até aqui, menininho, para que possamos conversar melhor.

– Vocês me veem como um menininho, mas eu sou bem mais do que isso. Sou um mago muito poderoso! Como acham que eu sabia quem vocês eram?

Mais gargalhadas, mas eu já sentia alguma tensão no ar por ter falado em algo sobrenatural.

– Você é só um pirralho manco mesmo! Nem sei como seu pai deixou que você vivesse até agora! Geralmente crianças mancas são abandonadas logo cedo.

– Mais uma prova de que eu sou um mago mesmo e de que vocês são muito burros se nunca ouviram falar do açougueiro que fez um pacto com o diabo para ter um filho bruxo na família.

Não gargalhavam mais.

– Pacto com o diabo?

– Exatamente. Meu pai já tinha cinco filhos sadios, mas queria que algum deles tivesse conhecimento das ciências ocultas a fim de proteger a família de ameaças como vocês. Para isso invocou o próprio demônio e propôs uma troca com ele. Estava disposto a dar uma orelha, um nariz ou até mesmo um olho de qualquer um dos filhos para que algum deles tivesse poderes sobrenaturais. O capeta disse que os já nascidos não poderiam ser bruxos, mas que, se eles tivessem outro filho, poderia conceder a ele alguns poderes em troca de uma perna, nada menos que isso. Caso contrário, o menino seria uma ameaça até mesmo para ele. Meu pai concordou e cá estou eu. Quase tão poderoso quanto o capeta.

Silêncio total. Eu havia contado uma boa história.

– Bom, já vi que vocês só acreditam vendo. Depois não digam que eu não avisei!

Agarrei um pedaço de carvão e uma folha de papel e comecei a rabiscar. Eu havia dado uma boa olhada naquelas caras feias. Procurei desenhar um rosto que guardasse os pontos em comuns dos dois, dei uma envelhecida nas feições e coloquei a cabeça em um corpo gordo e flácido. Completei o desenho com uma perna gorda de cervo sendo segurada por uma das mãos. Trabalhei mais alguns minutos nos detalhes e fiquei bem satisfeito. Se eu tivesse sorte, os dois trolls teriam herdado mais a cara feia do pai do que da mãe.

– Pronto! Estamos quites! Vocês dizem o próximo passo.

Amassei o papel em uma bola e joguei meu trabalho na porta do açougue. A porta abriu lentamente e uma mão enorme levou o papel para dentro.

– Oh! Papai! – disseram os dois. Apesar de conhecerem desenhos, nunca tinham visto um deles retratado com tanta exatidão, e ainda mais de alguém conhecido.

– Vocês prenderam minha família e eu prendi o pai de vocês nesse desenho. E então, podemos negociar?

– Diga como fazemos para libertar papai! Diga logo!

– Vocês não estão gritando com um bruxo, estão?

– Não! Quer dizer, sim! Ou melhor, vamos negociar senhor bruxo.

– Bem melhor. Cuidem bem do desenho. Se estavam pensando em rasgá-lo para libertar o "papai", saibam que fazer isso só servirá para libertá-lo de continuar vivendo. É necessário um ritual complicado para deixá-lo livre e vivo.

– Esse pirralho está nos enganando! Não acredite nele, idiota! – disse o troll que estava no comando.

– Se vocês querem arriscar, fiquem à vontade. – eu não podia demonstrar medo e desistir da minha última chance. – Assim como eu, minha irmã também é uma bruxa, e nem queiram saber que poderes o diabo deu para ela em troca da sua voz.

Senti certa indecisão por parte dos trolls. Felizmente, o medo do sobrenatural e a natureza estúpida deles venceram.

– Certo, certo. Não vamos ficar nervosos. Negociar é bom. Como podemos chegar a um acordo?

– A solução é simples, vocês libertam minha família e eu liberto o pai de vocês.

– Ah, claro! Não somos tão burros assim! Se nós libertarmos sua família, nosso pai vai ficar grudado nesse papel para sempre. Você liberta ele primeiro!

Claro que eu sabia que eles pretendiam que eu o "libertasse" primeiro para depois darem um jeito de me cobrirem de tapas, tal qual o resto de minha família.

No entanto, eu já havia pensado em uma solução para esse pequeno problema.

– Certo, como vocês quiserem. Façam exatamente o que eu disser. Peguem uma dessas bandejas de pedra em cima do balcão e usem algumas pedras de carvão e lenha para acender um bom fogo sobre ela. – ouvi os dois se mexendo para fazer o que eu dizia, e então continuei. – Bem no fundo do açougue, no quartinho colado à parede de trás, tem um saco de terra escura com um cheiro que talvez vocês apreciem.

– Ugh! Parece cheiro de coisa morta!

– Quase isso, é terra de cemitério, tirada de sepultura recém-fechada. É isso que contém toda a magia do negócio. Peguem pelo menos dois punhados dessa terra e se preparem para jogar no fogo quando eu disser.

– Já pegamos.

– Certo. Assim que o fogo estiver forte joguem o desenho do pai de vocês na fogueira e cubram com os dois punhados de terra, mas certifiquem-se de que o fogo não apague. Esse é um momento importante do ritual, façam direitinho, que eu daqui farei também a minha parte com as palavras mágicas e tudo mais. Não se esqueçam de ficar bem perto da fumaça e de dar uma boa respirada se querem que tudo funcione direitinho. Papai vai ficar muito feliz por ter sido salvo pelos filhos prediletos.

– Vai mesmo!

CHRISTIAN DAVID

Eu só esperava que, inalado pelos trolls, o pó tivesse um efeito pelo menos semelhante ao que teve ao ser ingerido pelos porcos.

Aguardei alguns minutos e, quando já estava quase perdendo as esperanças, ouvi o som surdo de duas cabeças ocas atingindo o chão. Andei o mais rápido que pude em meu passo claudicante e avistei as duas montanhas de carne se contorcendo ao lado da bandeja com fogo. Achei o machado de minha mãe caído aos pés dela, segurei o mais firme que pude, levantei-o com alguma dificuldade e baixei aquela pesada ferramenta, colocando toda a força que meu corpo fraco conseguiu reunir. Depois de três ou quatro golpes consegui separar a cabeça do corpo do primeiro troll. Com o mesmo processo decapitei o segundo.

Meu pai devia ter assistido boa parte do espetáculo, pois já estava consciente e me olhava agradecido. Ajudei-o a desamarrar-se e, juntos, carregamos todos de volta para a casa de pedra, antes que acordassem.

Nos dias que se seguiram, ajudei meu pai a arrumar a bagunça no açougue. Meus irmãos não haviam se ferido gravemente, mas necessitavam de alguns dias em casa. Parecia que qualquer tapa daqueles brutamontes tinha efeitos destruidores nos frágeis ossos humanos.

Pude finalmente mostrar para meu pai minhas habilidades de açougueiro. Ajudei-o a limpar e a cortar as duas peças com destreza.

Pelos menos por alguns dias teríamos novamente algo para negociar no açougue. Um novo tipo de carne, ainda desconhecida no vilarejo, mas que parecia deliciosa.

# Arena

A primeira vez que vi o famoso Nicolau ele estava ao lado de um daqueles *freezers* de porta transparente tão comuns nos antigos supermercados, desligado agora, obviamente. Foi, na verdade, uma situação bastante curiosa. Sete ou oito potes de comida para bebês jaziam vazios aos seus pés enquanto ele acabava com o último e o dispensava após lamber as bordas. Nicolau se recusava a adotar as novas práticas, vivia solto, fora da cidade, vestia-se com roupas de tecido reciclado e sobrevivia de caça, de sua pequena horta e de "tesouros" culinários encontrados nos antigos depósitos que descobria e explorava. Por vários motivos, nós o deixávamos livre, sem a segurança do interior das Cidades Irmãs. Em primeiro lugar, porque ele havia sido um dos fundadores das cidades como nós as conhecemos e todos devotavam um merecido respeito à figura de Nicolau. Segundo porque ele, mesmo sem querer, nos ajudava a deixar os cidadãos temerosos de viverem fora da cidade pelo simples medo de encontrá-lo. Esse era também o terceiro motivo de não tentarmos aprisioná-lo: ele era assustador, ninguém queria o serviço de trazê-lo preso, independente dos métodos que pudesse utilizar, autorizados ou ilegais. Calcula-se que Nicolau pesasse em torno de cento e oitenta quilos de músculos muito bem distribuídos em seus dois metros e vinte e sete. A cicatriz arroxeada na face esquerda em um rosto sempre bem barbeado, o cabelo vasto e desalinhado e os olhos de pupilas vermelhas formavam um quadro bastante perturbador. Algum jovem metido a engraçadinho utilizou uma das poucas fotos disponíveis de Nicolau e, com a ajuda de um manipulador de imagens para realçar o tom avermelhado dos cabelos e uma ligeira pesquisa nos mitos antigos da região, lançou o apelido, Nicolau Curupira, e o nome pegou. Apesar do medo, quem conseguisse uma foto com ele teria seus fugazes momentos de fama.

Então, sentado a três metros de mim estava o homem, ou mito. Felizmente, eu sabia que ele não era tão perigoso como contavam as histórias. Poderia ser se quisesse, mas havia optado por uma vida pacífica fora das cidades e dos círculos sociais. Além disso, Nicolau era meu tio e, apesar de ser a primeira vez que eu o via face a face, sabia que não me faria mal.

Dispensei os soldados que me acompanhavam e eles deixaram o armazém, ainda que preocupados com minha integridade física.

Percebi que o Curupira sorria. Mesmo sorrindo, sua aparência era de dar medo, talvez até mais aterrorizante com aquele sorriso distorcido no rosto.

– Você parece muito com sua mãe, menina, quase como uma foto antiga dos bons e velhos tempos. Como ela está?

– Bem, mas cansada. Ficar tanto tempo no poder sugou muito da sua energia. Ela envelheceu mais de dez anos nesses últimos seis meses.

– Sim, e imagino que seja por isso que ela mandou você me procurar. Minha irmã nunca cessa de tramar, é isso que a cansa. Querer controlar tudo o tempo inteiro esgota a energia de qualquer um, mesmo alguém com a energia dos Híbridos.

Assim que os remanescentes da quinta grande guerra começaram a reunir-se de novo apareceram os "cabeças de bolha". Prometiam alimentação, abrigo e proteção contra a radiação se confiássemos neles e os seguíssemos para o que eles chamavam de "Cidade das Nuvens" ou "Cidade Flutuante". Nos levaram para o céu em seus carros brilhantes e nos deram o que prometeram. No entanto, com a desculpa de estarem nos tratando contra a radiação a que fomos longamente expostos na superfície do planeta, nos submeteram a todo tipo de testes e terapias. Pelo que sabemos, o único tratamento que teve algum resultado prático foi um tipo avançado de terapia transgênica que, infelizmente para os nossos pretensos salvadores, teve resultados imprevistos. Alguns transgenados, em especial o TG 13, começaram uma rebelião e acabaram por dominar a Cidade Flutuante dos cabeças de bolha; após, os eliminaram na sua quase totalidade. A maior parte dos

TGs sobreviventes retornou à superfície e se misturou aos que ainda estavam vivos aqui embaixo. É assim que me contam a história desde que eu era uma menina. Desde que TG 13, meu avô, sucumbiu à sua própria mutação. Não temos conhecimento de todas as mutações genéticas que estão aguardando para se manifestar nos nascimentos desta geração e nas gerações futuras, mas algumas delas já conhecemos. Sempre que alguém apresenta uma mutação, como a altura e a força de Nicolau, passa a ser chamado de Híbrido e considerado especial, quase venerado. Como nas mulheres a mutação costuma se manifestar mais tardiamente, ainda não sei se tenho algo escondido correndo nas minhas veias ou aprisionado nas minhas células. Espero que eu seja premiada com a normalidade, já que algumas mutações criaram seres horrendos e eu preso muito a minha aparência para querer uma surpresa dessas.

– Ela quer conversar com você, sim. Não me disse exatamente com que propósito, mas deve ser algo relacionado com o poder, certamente.

– Pois diga a ela que não tenho a menor intenção de retornar à cidade. Já vivi muitos anos enjaulado naquele lugar e me portando segundo o que os outros consideram correto. Estou muito bem do lado de fora dos muros das cidades. Minha parte animal – e ele disse isso sorrindo – prefere o ar livre, mesmo com todos os perigos que existem nos arredores.

Eu não conseguia imaginar que tipo de perigo alguém do tamanho de Nicolau poderia temer ao enfrentar o que restou da antes exuberante natureza que havia nesse local, mas, se ele dizia, devia saber bem, eu é que não iria ficar mais do que o necessário fora da cidade.

– Andrélia disse que você poderia se opor, e que eu poderia usar qualquer meio para te trazer de volta.

– Ah é? E o que você vai fazer, menininha? Trazer seus soldadinhos para me prenderem?

– Na verdade, ela disse que eu só precisava te dizer certa frase para te fazer entender a gravidade do assunto.

Nicolau parou com seu sarcasmo e, agora, me olhava com intensos olhos vermelhos.

– Chegou a hora, foi o que ela me mandou dizer. Chegou a hora.

O Curupira se aproximou de mim. Senti seu bafo morno com cheiro de condimento enjoativo esquentando meu pescoço. Presas negras apareceram nos cantos de sua boca e eu senti medo pela primeira vez naquele estranho encontro. Agarrando meu pulso com força, Nicolau perguntou:

– Tem certeza de que foram essas as palavras?

– Sim, exatamente essas – falei, gaguejando.

Nicolau suspirou e finalmente pareceu ceder.

– Me dê alguns minutos para eu recolher meus pertences.


Parecíamos anões ao lado de Nicolau. A volta para a cidade conhecida como Prímula chegou a ser cômica. Aquele homem imenso sentado no chão da nossa pequena aeronave, agarrado a um pote de comida de bebê, e sendo observado por três soldados muito assustados e suados, que conseguiam ficar a no máximo dois metros do Curupira, devido ao tamanho da nave.

– Rapazes, parem de suar, por favor. Nem vivendo no meio de todo esse mato, com os mais variados tipos de criaturas, precisei suportar um odor dessa intensidade. Se não por mim, se acalmem pelo bem da dama que nos acompanha. Tenho certeza de que ela não está acostumada com esse tipo de sensação.

Apesar do tom amigável de Nicolau, o efeito foi exatamente o oposto, aqueles soldados nunca suaram e federam tanto. Alguns deles já me acompanhavam há alguns meses, e nunca os tinha visto naquele estado de pavor. Minha mãe tinha um cuidado um tanto exagerado comigo, talvez em virtude de eu ter perdido meu pai tão cedo e nós duas termos sido as duas únicas sobreviventes de um ataque que ela sofreu quando eu tinha apenas alguns dias de vida. Mesmo não querendo manter muita gente perto de mim o tempo inteiro, finalmente minha mãe, a Governadora Geral das Cidades Irmãs, entendeu que o melhor seria manter os mesmos integrantes da guarda por um tempo razoável. Ela suspeitava de todo mundo há vários meses, e mudanças na guarda poderiam ser uma porta de entrada para possíveis espiões ou terroristas. Assim, eu os conhecia razoavelmente bem e sabia que não eram homens de se amedrontar com qualquer coisa, mas sabia também do medo que a presença de Nicolau provocava.

Tenho certeza de que foi justamente por isso que a governadora recorreu ao Curupira.

A Governadora Andrélia nunca esteve tão magra, o que era uma observação bem perturbadora já que mamãe sempre carregou pouquíssima gordura no corpo. Sempre achamos que isso tivesse relação com o tipo de transgenia que seu corpo abrigava, o que provavelmente era correto, apesar de até hoje eu não saber exatamente qual mutação mamãe apresentava. Dessa vez, porém, a magreza chegava a ser dolorida para quem olhasse com um pouco mais de atenção. Felizmente, só eu sabia disso. Mamãe sabia disfarçar bem, usava um manto branco esvoaçante que escondia curvas e, no estado atual dela, ângulos. O cabelo preto lustroso era usado preso em um rabo de cavalo. Ela parecia realmente cansada, mas, mais do que isso, parecia profundamente angustiada com algo. Quando pediu que eu trouxesse Nicolau, não hesitei. Ela certamente morreria se alguém não fizesse alguma coisa, e com ela morreria toda a organização e provavelmente a liberdade das Cidades Irmãs. Os abutres já rondavam a presa, ansiosos por estabelecer uma nova forma de governar, e dominar, aquele povo que começava a se tornar próspero.

Andrélia recebeu Nicolau na sala de reuniões, uma ampla sala no topo da Torre Norte, a mais alta, de onde partiam todas as decisões que administravam as cidades. No momento em que o Curupira entrou, o conselho-assistente pareceu evaporar-se, com seus membros, na maioria idosos, esvaindo-se pelas saídas laterais. A governadora demorou um segundo ou dois para assimilar a presença imponente do irmão, e permaneceu sentada na cadeira central até controlar-se o suficiente para se levantar e descer os degraus que conduziam ao centro da sala.

– Andrélia – cumprimentou Nicolau, com um suave aceno de cabeça.

– Que bom que veio, Nicolau. – respondeu ela – sabia que atenderia ao meu chamado.

– Como se eu tivesse opção...

– Sempre há opções.

– É verdade, sempre há. Mas elas não são pra mim, eu não quebraria nosso acordo, e aposto que você contava com isso.

– Os parentes são os únicos com quem se pode contar. Ainda não sei por que você abandonou esta casa.

– Talvez a família contasse demais comigo, e eu não quisesse ser um fantoche para ninguém.

– Só restamos nós dois, e a menina...

– A menina tem um nome, aliás, um nome que eu ainda não revelei para meu assustador tio. Alena, ao seu dispor – não resisti e me curvei, fazendo um floreio com a mão, como naqueles antigos filmes que recuperamos das ruínas. Felizmente, meu esforço foi recompensado e a tensão se quebrou, fazendo brotar um sorriso naqueles dois adultos mal-humorados.

A próxima reação de Andrélia foi vencer a distância que os separava e iniciar um constrangido abraço em Nicolau, que a envolveu com toda a sua envergadura.

Sentaram-se e, após a troca de algumas amenidades, passaram ao motivo do encontro. Fiquei feliz que tivessem me deixado ficar.

– Qual é a situação na cidade, Andrélia? Tenho certeza de que você deu um jeito de sincronizar minha vinda aqui com mais de uma situação potencialmente problemática.

– Você me conhece bem, irmão. A situação na cidade é preocupante. O Governador de Minuania reivindicou o governo geral pela disputa de campeões, dizem que eles têm um forte guerreiro para representá-los esse ano. É uma pena que, há anos, tenha de ser desse jeito. Apesar de sempre realizarmos os jogos, eles não eram mais usados para disputas reais de poder, e nem levavam mais ninguém à morte, coisa que será impossível evitar desta vez. As disputas oficiais de poder não terminam antes que reste apenas um sobrevivente.

– Sim, e você pretende que, como serviço adicional da minha vinda aqui, eu sirva de campeão pela nossa cidade? Um pouco petulante da sua parte, não? Você sabe que eu escolhi outro tipo de vida, uma vida que não inclui lutar em uma arena até a morte por algo em que não acredito mais.

– Sei que você não acredita mais no que estamos tentando fazer aqui, mas não pode deixar de admitir que, se o governo ficar nas mãos de Minuania, as coisas vão piorar muito. Daí, sim, o seu novo modo de vida ficaria realmente comprometido. Viveríamos em meio a guerras de conquistas e todas as doze cidades sofreriam com isso. Nas previsões mais drásticas, algumas seriam destruídas.

Nicolau ficou pensativo, baixou a cabeça e deixou seus resmungos demonstrarem contrariedade. Talvez por divertimento ou implicância, Andrélia ficou em silêncio por uns bons minutos enquanto o Curupira meditava. Então, finalizou com uma frase alentadora para o irmão:

– Mas não se preocupe tanto, irmão, se tudo correr como eu estou planejando, você não precisará nem mesmo entrar naquela arena. Só preciso que volte a confiar em mim por algumas horas.

Nicolau pareceu, ao mesmo tempo, aliviado e acuado.

Fiquei sem ver minha mãe ou meu tio por alguns dias, mas tive muito que fazer. Além de consultar vários médicos a respeito de uma dor nas costas que já durava semanas, acabei me envolvendo com os preparativos da cidade para a grande disputa. Apenas outras três cidades, além de Prímula, iriam enviar seus campeões: Minuania, obviamente, e ainda Lates e Balaqui. As apostas já corriam soltas, e o Curupira era disparadamente o favorito, na conta de dez para um contra qualquer um dos outros três disputantes, o que me deixou um pouco mais tranquila. Só comecei a me preocupar de verdade quando passei a ouvir alguns rumores. Corri para a Torre Norte a fim de relatar tudo para minha mãe e para Nicolau. Estava tão alarmada que fui quase chutando as portas que me levariam ao gabinete de mamãe, onde me informaram que ela estaria.

– Acalme-se e sente-se, Alena. Nada pode ser mais urgente do que dominar a si mesma – mamãe sempre tinha essas frases filosóficas para soltar nos momentos mais inoportunos.

– Dessa vez é! – disse eu. Sob o olhar severo da governadora, continuei – Já está tudo acertado entre as três cidades, não será uma luta justa. Os três campeões vão atacar Nicolau em primeiro lugar e só depois lutar entre si, é o que todo mundo está dizendo. As apostas no Curupira estão se invertendo!

Mamãe não pareceu abalada, continuou sentada e colocou pacientemente cinco colheres de açúcar na sua xícara de chá.

– E você acredita em qualquer boato que corre por aí? Isso não é saudável. Não será dessa maneira que as coisas vão transcorrer.

– Vão, sim, mamãe, temos que fazer algo! Adiar os jogos, fazer um protesto, solicitar disputas individuais, temos que fazer alguma coisa para...

A governadora me fez calar apenas levantando um dedo. Colocou novamente, com paciência, mais cinco colheres de açúcar na sua xícara de chá, sob meu olhar abismado, já que mamãe praticamente não consumia açúcar. Então, ela disse algo que me deixou ainda mais preocupada e em dúvida a respeito de sua sanidade.

– Sim, está tudo acertado entre as cidades desafiantes, e sim, elas vão atacar o campeão da nossa cidade primeiro. No entanto, o plano é que, quando acabarem essa primeira fase, não lutem entre si. Os campeões de Lates e Balaqui já fizeram um pacto de morte. Após utilizarem todas as suas forças para matarem nosso campeão, se entregarão voluntariamente. Segundo o plano de Minuania, basta vencer um oponente para tomar o poder. Nós, porém, não estamos preocupados com isso, e os jogos começam amanhã, sem adiamentos. Quanto às apostas, você sabe que elas não são oficiais, e são até mesmo proibidas, mas, se eu fosse apostar, ainda apostaria no nosso campeão.

Dito isso, ela deu um gole profundo em seu chá e sorriu pra mim. Não podia estar totalmente na posse de suas faculdades mentais.

Escolhi um bom lugar na arena para assistir à carnificina. Não queria ver meu tio morto e esquartejado, mas sempre restava a esperança de que algo mágico acontecesse e ele saísse vitorioso. Primeiramente, foi anunciado o campeão de Lates. Tratava-se de um guerreiro alto e forte, talvez uns dois metros de altura. Sua pele era recoberta por uma carapaça escura, como a de um cascudo, e no alto da cabeça havia um chifre medonho. Era bem assustador, mas nada que já não conhecêssemos de jogos antigos. Logo em seguida, foi anunciado o guerreiro de Balaqui. Um tanto cômico esse campeão, mas, pelo que sabíamos, ele era bem mortífero, a sua maneira. Ele tinha duas pernas superdesenvolvidas e um tronco quadrado que ostentava dois braços curtos, mas poderosos. Uma série de espinhos ultra-afiados e mortais adornavam a sua coluna vertebral, os quais deviam ser muito eficientes devido à postura curvada para frente que o campeão assumia ao caminhar. Depois de alguns minutos de suspense, o guerreiro de Minuania adentrou a arena. Meu coração subiu até a boca, e eu tive certeza de que iria vomitar naquele momento. No entanto, consegui conter meu medo, que saía pelos poros e pela garganta, e abri os olhos o máximo que consegui para absorver aquela figura. Calculei em quatro metros o tamanho da criatura. Cheguei a duvidar no início, mas devem ter considerado um ser humano aquele ser horrendo que se apresentava ali, afinal, aceitaram a sua inscrição. Já que se tratava de uma pessoa, posso dizer que a transgenia fora cruel com ela. Sua aparência era a de uma grande aranha vermelha encimada por uma cabeça branca, desproporcional e calva. A cabeça ainda ostentava duas presas das quais pingava um líquido verde, e as patas da frente haviam desenvolvido pinças que faziam um barulho inquietante ao abrir e fechar. Somente no tronco encontrava-se um arremedo de peça de roupa, algum tipo de tecido sintético azul reluzente.

Nicolau não tinha chance alguma.

Deixei o meu lugar e corri para a entrada dos campeões a fim de dar meu adeus ao Curupira. Agora eu tinha certeza de que seria um massacre.

Consegui convencer os fiscais dos jogos a me deixarem passar. Encontrei Andrélia e Nicolau ainda no portão de entrada, trocando suas últimas palavras, talvez literalmente. Corri e abracei meu tio, ainda esbaforida. Os dois pareciam calmos e concentrados.

– Não foi uma boa ideia você vir aqui, Alena – disse minha mãe. – Nós temos tudo sob controle, aliás, você não deveria nem assistir aos jogos, pois ainda não consegue se controlar.

– Vocês estão loucos? Meu tio, que conheci só recentemente, está prestes a ser retalhado por três aberrações transgênicas e sanguinárias e vocês querem que eu fique calma?

– Nós, os três, também somos transgênicos, Alena, você não devia falar assim dos campeões das outras cidades, não é educado.

– E eu estou lá me preocupando com educação numa hora dessas! Tio, não entre lá, nós não temos chance! Deixe que eles fiquem com o poder e que governem as cidades, não pode ser tão ruim assim que eles governem. Não sei como minha mãe o convenceu a fazer isso, mas essa já não é sua luta há muito tempo. Volte para seu espaço livre, fuja daqui!

– Alena! – mamãe falou daquele jeito que sempre me faz calar. – Será bem ruim, sim, que os abutres de Minuania fiquem com o poder, mas não se preocupe, não será o seu tio a entrar na arena.

Eu quase não acreditei no que vi. Mamãe soltou o rabo-de-cavalo e despiu seu manto branco revelando duas longas espadas presas na cintura. Ela vestia agora somente uma malha preta.

E passo a passo entrou na arena.

O vômito veio feroz e eu pensei que iria desmaiar. Meu tio me carregou nos braços enquanto me consolava. Fomos até o anel superior reservado para os líderes das cidades e ocupamos o camarote de Prímula. Eu não sabia o que fazer nem o que pensar, mas meu tio ainda procurava me acalmar, apesar das perguntas estranhas que me fazia.

– Você se lembra de seu pai, Alena?

– Que importância tem isso numa hora dessas?

Na arena, aguardava-se o toque do início da disputa.

– Responda que eu explico.

– Não me lembro dele. Minha mãe disse que ele morreu quando eu era muito pequena. Ela não gosta de falar no assunto.

– Seu pai não morreu. E não me olhe com esses olhos, eu não sou seu pai. Você não se lembra dele porque nunca houve um pai pra você. As alterações herdadas por sua mãe permitem a ela a capacidade de se autofecundar. Também não me pergunte como ela faz isso porque eu não sei, só sei que isso só pode ocorrer uma vez a cada dezesseis anos. Quando você nasceu, sua mãe estava em viagem. Ela não tinha associado a série de sintomas que vinha sentindo ao nascimento de uma criança. Ela foi atacada por um bando de mercenários no caminho para outra cidade, e eles não foram nada gentis. Após roubar tudo que a caravana tinha, prenderam todos os integrantes, incluindo sua mãe, em um dos carros de transporte e enfiaram uma tocha acessa no tanque de combustível. A explosão foi tão grande que eu, há alguns quilômetros dali, a ouvi. Corri o mais rápido que pude para ver do que se tratava, pois já aguardava o retorno da caravana. Chegando lá, uma cratera tinha se formado, e sua mãe se encontrava viva e saudável no centro dela.

– Mas como...

– Na época não sabíamos o motivo de ela ter sobrevivido, mas, alguns dias depois de você ter nascido, e com mais milhares de perguntas na cabeça, começamos a pesquisar o assunto. Parece que, com suas diversas experiências, os cabeças de bolha estavam tentando assegurar o sucesso total dos nascimentos de seus descendentes. Eles procuravam combinar os poderosos hormônios de uma fêmea grávida com algumas alterações genéticas arquitetadas por eles para torná-la praticamente indestrutível durante a gravidez. Talvez eles não imaginassem o sucesso que suas experiências teriam algumas gerações depois. Tentamos, mais de uma vez, voltar à Cidade das Nuvens para procurar os registros e os protocolos dos experimentos, mas como você sabe, nossas naves não conseguem alcançar a altura necessária. Entretanto, o pouco que o TG13 nos trouxe foi suficiente para saber do que se tratava.

O toque de início dos jogos soou e os três desafiantes se posicionaram.

– Então, se eu tenho dezesseis anos, já está na época de mamãe ficar grávida de novo...

– Exatamente, você deve ter percebido algumas alterações no comportamento e no aspecto dela: magreza excessiva, necessidade de glicose...

– Grávida e indestrutível.

– Isso mesmo. E, além do mais, as três cidades se prepararam para lutar comigo e não com alguém com as habilidades e as condições de sua mãe. Como inteligência não é um atributo essencial para os campeões, acreditamos que eles irão ficar um tanto desnorteados com a mudança, apesar de felizes em um primeiro momento. Mas só até o primeiro ataque.

– Mas ela não te chamou especialmente para ser você o campeão de Prímula? Tinha até aquela frase chave, "chegou a hora".

– Sim, mas "chegou a hora" era a frase chave para outra coisa. Desde o início eu sabia qual era o objetivo dela, mas achei que queria me utilizar também como campeão da cidade. Sabe, eu não consigo ser tão manipulador quanto sua mãe, não lembrava mais quanto tempo havia se passado e nem todas as implicações da situação dela e do poder em jogo nas cidades. Tivemos de combinar todos os nossos próximos atos nesses últimos dias, mas ela já vem organizando tudo há anos. Você não se lembrava de mim, mas, quando eu fui embora, você tinha quase dois anos de idade. Eu a amava como a uma filha, não queria que corresse perigo nem concordava com o que sua mãe planejava.

Quando deixei as cidades, tentei deixar tudo isso para trás, mas havia feito um acordo com sua mãe e não consegui quebrá-lo. Prometi voltar quando ela precisasse de mim para alguma coisa que envolvesse você ou um novo nascimento.

– Mas por que eu corria perigo, o que minha mãe planejava?

Nesse momento, ouvimos o primeiro grito e voltamos nossas atenções para a arena.

Minha mãe caminhava vagarosamente para vencer o espaço que a separava do campeão de Minuania, que aguardava do outro lado da arena com cara de poucos amigos. Atrás dela, a dois passos de distância, o campeão de Lates jazia, com os dois braços e a cabeça separados do corpo e o chifre amassado como um chiclete. O campeão de Balaqui rodeava minha mãe já temeroso em fazer um ataque. Andrélia parou por um momento, aguardando a iniciativa do homem-dinossauro. Ele não demorou muito para se decidir, deu um pulo poderoso e mirou minha mãe agitando violentamente uma clava cheia de espinhos em sua direção. Foi como uma bola de vidro quicando em uma superfície de concreto. A governadora e campeã de Prímula não se moveu um centímetro, apesar da força com que fora atacada. Quando levantou suas espadas, o adversário partiu-se ao meio, e mais uma ameaça deixou de existir.

A aranha continuava impassível, e minha mãe seguia em seu passo vagaroso.

O FILHO DO AÇOUGUEIRO

Meu tio me contou mais um pouco da história.

– Eu fui contra quando sua mãe resolveu incluí-la nos experimentos dos cabeças de bolha. Além do que herdou dos transgenados, você foi submetida a alguns outros procedimentos. Segundo Andrélia, era uma garantia de que, quando precisássemos, conseguiríamos contatar o povo da Cidade das Nuvens. Além disso, você teria sempre uma vantagem para sobreviver em qualquer situação. Para mim, era um crime brincar com a vida de uma criança, como o que ela fez com a sua. Apesar de ela aparentar saber o que estava fazendo, eu fui contra e me afastei de tudo por causa dessa atitude de sua mãe. No entanto, concordei que viria quando chegasse a hora do contato, se tudo desse certo.

Os pensamentos se sobrepunham na minha cabeça. Ainda que o que mamãe tivesse feito fosse execrável, eu estava viva e saudável. E ela estava na arena, arriscando a vida, ou nem tanto, pelo que pudemos ver até agora. Ainda assim, eu estava muito confusa a respeito de tudo isso que me fora entregue de maneira tão direta, e em uma situação tão extrema. Eu ainda não havia entendido como podia ser eu a que conseguiria o contato com a Cidade das Nuvens. E que vantagem poderia haver nisso? Talvez nem houvesse ninguém mais lá. Meu tio prosseguiu:

– Conseguimos alguns breves contatos com o povo lá de cima e eles se mostraram dispostos a ajudar, mas ainda hesitam em descer. Dizem não saber se o ambiente já é seguro e que precisariam examinar alguém que tivesse nascido aqui embaixo para ter certeza de que não haveria risco de contaminação para eles. Então, ficamos nesse impasse.

A aranha começou os ataques quando minha mãe se encontrava a três metros dela, mas eram como sementes de dente-de-leão chocando-se contra um muro. Quando Andrélia havia se posicionado exatamente embaixo do que seria o tronco daquela horrível aranha humana, com um giro rápido amputou todas as pernas do ser horrendo. Enquanto escorriam lágrimas dos olhos daquela cabeça branca agigantada disformemente, minha mãe deu o golpe final e a decapitou.

A multidão, composta em sua maioria por partidários dos desafiantes, permaneceu estarrecida, calada, quase tanto quanto os representantes de Minuania, dois homens de estatura média e longos mantos, com capuzes dos quais se projetava uma espécie de bico.

Não muito depois disso, os soldados começaram a chegar. Todos com capacetes com os bicos negros de Minuania. A cidade estava sendo dominada. O governo das Cidades Irmãs estava sofrendo o primeiro golpe de estado da nova era. Nicolau sussurrou em meu ouvido: *espero que me perdoe por isso*. Agarrou-me firme e, para minha surpresa, me arremessou do alto do anel superior da arena. Foi tudo mais rápido do que o tempo que eu levo para contar, mas vi o chão se aproximando com muita rapidez. Antes que me desse conta, a dor nas costas que vinha me acompanhando há semanas ficou insuportável. De repente, me vi pairando sobre

O FILHO DO AÇOUGUEIRO

a arena, sustentada por longas asas brancas. Ainda desajeitada, voei de volta até o local em que se encontrava meu tio. Só tive tempo de ouvi-lo dizer umas poucas palavras antes que fosse amarrado e amordaçado, enquanto eu desviava das flechas e tiros que vinham em minha direção.

– Procure o povo das nuvens e diga que precisamos deles, eles virão.

Voei para o alto o mais rápido que pude. Procurei a Torre Norte e subi ainda mais a partir dela, para o lugar onde todos diziam estar a Cidade das Nuvens. O frio foi ficando mais intenso e o ar mais rarefeito, meus músculos queimavam e eu já não tinha forças para voar. Se as coisas continuassem como estavam naquele momento, eu teria pouco tempo para apreciar o caminho transgenado que havia se desenhado para mim. Nunca ninguém tinha desenvolvido esse tipo de mutação. Não sei em que momento desmaiei, mas lembro-me de que fui muito acima de onde nossos carros aéreos tinham capacidade de voar.

Não posso descrever com precisão o que aconteceu durante o tempo em que fiquei inconsciente, apenas sei o que houve pelo relato de outros, que me acompanharam naqueles dias perigosos. Acordei em uma sala muito iluminada. Logo verifiquei que minhas asas estavam bem recolhidas junto às minhas costas. Eu vestia uma espécie de macacão folgado, feito de um tecido fino, mas resistente, de uma cor ligeiramente acinzentada. Não sentia dor alguma.

73

Um senhor idoso me atendeu e retirou gentilmente um sensor preso à minha testa.

– Bem-vinda ao mundo dos vivos!

– Onde eu estou? – perguntei, sem dor, mas completamente desorientada.

– Onde você queria estar?

– Na Cidade das Nuvens.

– Este é um dos nomes desse lugar. – o homem tinha um sorrisinho cativante e nenhuma pressa.

– Vim pedir a ajuda de vocês; minha mãe e meu tio correm grande perigo... – metralhei, já nervosa.

– Acalme-se, menina, seus parentes acabaram de chegar.

– Eles estão aqui? E estão bem? – perguntei, aflitíssima.

– O homem está um pouco ferido, mas sem risco de morte. Já a mulher e o bebê não poderiam estar melhores.

– Bebê? Um be-bê?

– Oh! Sinto que posso ter cometido uma gafe. Melhor deixar que sua mãe lhe explique tudo. Assim que se sentir bem, eu a levo até eles.

Não muito longe dali, em uma sala semelhante a que eu estava, porém, bem maior, encontrei Nicolau e minha mãe. Ele estava deitado, e pelo que pude perceber, sua perna esquerda fora amputada um pouco acima do joelho. Fingi não reparar enquanto me dirigia para o lado de sua cama e segurava sua mão, mas Nicolau parecia menos preocupado do que eu. Minha mãe estava sentada em uma cadeira, em uma de suas poses de estátua inabalável, mas imagino que deve ter passado maus bocados nas últimas horas.

– Alena – disse meu tio, sorrindo. – Espero que me perdoe pelo meu ato desesperado. Eu não teria feito aquilo se não achasse que você tinha mais chance sendo jogada de cem metros de altura do que caindo nas mãos daqueles abutres. Felizmente, conseguimos salvar você de dois dias tenebrosos...

– Dois dias! Achei que tivessem passado apenas poucas horas!

– Dois dias inteiros! Nós resistimos o máximo que pudemos. A guarda de Prímula, apesar de pequena, protegeu sua mãe com bravura. No entanto, só mesmo a condição especial dela conseguiu salvar tanto a ela quanto a mim, e ao seu irmão. Eu fui aprisionado e eles a obrigaram a se entregar. Eles pretendiam me fatiar pouco a pouco até que sua mãe revelasse seu paradeiro e entregasse formalmente o poder, mas os nossos amigos do céu chegaram após o primeiro corte – apontou para a perna – e nos socorreram. Confesso que gostaria que eles tivessem chegado mais cedo, mas, antes tarde do que nunca. Graças a sua chegada até aqui, as pessoas com quem fazíamos contato puderam defender a nossa posição junto aos seus líderes e, finalmente, enviar socorro. A situação está controlada lá embaixo, mas ainda não retomamos a cidade completamente. Parece que, apesar de toda a tragédia, esse contato com os cabeças de bolha poderá ser vantajoso para as Cidades Irmãs. Temos muito a aprender com eles. Na verdade, nem é mais apropriado chamá-los por esse apelido, já que os cabeça de bolha originais se misturaram com os TGs, que decidiram não partir e formaram um novo povo. Ainda assim, espero que me perdoe pelo que a fiz passar.

– Não há o que perdoar, tio! Além das belas asas que ganhei, recuperei parte da minha família, há muito perdida, e ganhei um irmão. Certamente, porém, alguém precisa pedir desculpas.

Ao terminar essa última frase, voltei-me para a Governadora Andrélia, que já nos observava e olhava minhas asas encolhidas, cheia de admiração. Ela virou-se rapidamente e retirou um bebê diminuto de dentro de uma espécie de cesta. Eu, que a conhecia bem, percebia que ela procurava esconder o nervosismo. Provavelmente, também se sentia culpada, e com razão. Talvez eu a perdoasse algum dia, talvez logo, mas o certo é que ela teria muitas explicações a dar. Quanto a mim, eu iria utilizar cada parcela de culpa que ela carregava para não precisar trocar fralda alguma por muitos meses.

# Sobre homens e asas

No alto de uma grande montanha, onde somente seres alados conseguiriam chegar, vivia um povo diferente. Todos que nasciam lá desenvolviam esses apêndices especiais. Então, desciam cá para baixo, compravam, vendiam, negociavam e voltavam para o lugar especial que era só deles e onde ninguém mais conseguia chegar.

Era assim que eles viviam e era assim que queriam continuar vivendo, exclusivamente entre seus irmãos alados. "Não podemos nos contaminar!", diziam eles. "Se abrirmos nossa cidade aos outros, o mal vai se infiltrar e nossos filhos perderão todas as coisas boas que cultivamos durante séculos!", argumentavam. "Além do mais, nós temos asas, é impossível viver com quem não as tem. A nós foi destinado viver desta forma, e a eles de outra", concluíam.

Na época em que o povo debatia acaloradamente essa questão, surgiu um homem que, até então, pouco havia aparecido naquele lugar. Era alado como todos, ia e voltava para o alto da montanha como todos, mas acabou tendo ideias um tanto diferentes das da maioria.

Chamava-se Astrael.

Ainda jovem, acabou se envolvendo nos tais debates e defendia a abertura daquela nação aos povos do resto do mundo, "aos povos lá de baixo", como diziam os que eram contra.

– Eu daria todas as penas das minhas asas para que todos pudessem experimentar a felicidade que nós experimentamos! Para que pudessem viver entre nós! Para que pudessem voar e sentir a doce brisa que sopra tão perto do céu.

– Deixe de loucuras! Isso não é possível! E ainda que quiséssemos que vivessem entre nós, como eles chegariam até aqui? Eles não têm asas! Como fariam? Ou você pensa em trazê-los um por um nas suas costas, como um burro de carga? Ou quem sabe arrancando as suas penas e entregando uma para cada eles consigam voar, agitando-as ao vento com as mãos?

Debochavam de Astrael.

O jovem alado ficou tremendamente angustiado com a situação. Apesar de seus opositores usarem argumentos duros e procurarem fazê-lo sentir-se mal, muitos desses argumentos tinham fundamento, e Astrael não conseguia encontrar soluções para as dificuldades que os outros alados apresentavam.

Resolveu, portanto, passar mais tempo com o povo de baixo. Conhecê-lo melhor e, talvez, encontrar a solução.

No início, o povo de baixo ficou desconfiado. Os alados negociavam com eles mas, eles sabiam bem, os desprezavam, procuravam nem chegar muito perto.

O FILHO DO AÇOUGUEIRO

Com o tempo, Astrael foi se mostrando um alado diferente. Sorria, aproximava-se das pessoas, cumprimentava todos amigavelmente. As crianças o adoravam. Muitas delas puderam fazer lindos voos nas suas costas. À medida que conquistava amigos na cidade de baixo, começava a ser discretamente perseguido na cidade do alto. Em alguns lugares, as pessoas paravam de cantar ou sorrir quando ele chegava. Em algumas cantinas, a comida parecia sem sal ou, ao contrário, excessivamente salgada. Astrael não se abalava, tinha descoberto músicas e sabores maravilhosos com o povo lá de baixo.

Com o passar do tempo, porém, a perseguição começou a se intensificar. Misteriosamente, o lugar onde Astrael dormia, na cidade do alto, pegou fogo. Por pouco ele não ficou com todas as penas chamuscadas. Parece que procuravam tirar dele aquilo de que eram mais orgulhosos.

Astrael precisava encontrar a solução o mais rápido possível.

Ele procurou o lugar mais alto do pico, o mais alto da cidade do alto. E lá permaneceu por sete dias em absoluta concentração, conversando consigo mesmo. Quando desceu, seu rosto parecia iluminado, havia encontrado a solução. Ele descobriu que deveria agir exatamente como seus perseguidores sugeriam. Se as asas e as penas eram consideradas tão especiais assim, tão importantes, elas deviam conter algum poder mágico ou alguma força desconhecida que permitiria aos não alados experimentarem a alegria de ter asas. Dirigiu-se

79

à cidade de baixo e presenteou a todos que encontrou com uma de suas penas.

No primeiro dia, poucos receberam o presente. No dia seguinte, alguns mais. Cada pena arrancada trazia junto uma lágrima de Astrael, que sabia não ser possível recuperá-las. Ele voaria cada vez mais devagar, e cada vez com mais esforço.

No terceiro dia, um dos primeiros presenteados veio procurá-lo. Ficara horas admirando a pena e, por fim, adormecera sobre ela. Quando acordara, no dia seguinte, parte de suas costas estava coberta de penas, e tocos de asas começavam a despontar. O sujeito não cabia em si de contentamento.

A notícia espalhou-se e, quando os primeiros presenteados repetiram a fórmula, logo começaram a ensaiar seus primeiros voos, ainda desajeitados.

Multidões queriam as penas de Astrael. Ao final da primeira semana, não restava uma única pena ao pobre alado. Após derramar lágrimas por horas a fio diante da inusitada incapacidade de voar, o jovem resolveu buscar ajuda com o povo alado. No entanto, como não conseguia mais voar, decidiu fazer o que ninguém nunca havia conseguido: chegar ao alto da montanha escalando-a.

Durante quarenta dias, Astrael subiu e subiu sem parar. Suas mãos, pés e joelhos sangravam, e as forças pareciam abandoná-lo à medida que o sangue se esvaía por suas feridas. Na noite anterior à chegada ao alto da montanha, ele caiu num sono profundo e sonhou que voava mais alto do que nunca, acompanhado por todos aqueles a quem havia dado suas penas. O sonho o fez recobrar as forças e, assim, conseguiu completar sua jornada. Na cidade do alto, uma grande confusão havia se instaurado. Novos alados, "filhos de Astrael", haviam chegado, e os antigos não sabiam como resolver a situação, pois afirmavam que era isso que os impedia de viverem com eles; agora, porém, não tinham como proibir sua entrada. Ainda assim as discussões sucediam-se, e o nome de Astrael era bendito e amaldiçoado ao mesmo tempo, às vezes, pela mesma boca.

Ao verem Astrael adentrar a cidade, com sua figura sofrida e destituída do encanto de outrora, não houve quem não demonstrasse um certo desconforto. Ele estava irreconhecível. Adeptos de ambos os lados do debate resolveram que, fosse quem fosse aquele sujeito, para estar ali presente, teria de poder voar. Algo precisava ser feito para que ninguém mais conseguisse chegar lá por outra via que não a aérea. O que acontecesse com aquele sujeito iria servir de exemplo para todos.

Levaram-no para o lugar mais alto, do pico mais alto da cidade do alto e o arremessaram de lá. Do lugar tão conhecido de Astrael. Quase toda a cidade compareceu à última prova do ex-alado. Aquele que a tantos fizera voar, a custo da própria capacidade de voo, era agora executado pelos seus.

Parecia, assim, que a sede de sangue, gerada pela disputa acirrada entre antigos e novos alados, poderia ser saciada. Um espetáculo daqueles haveria de diverti -los um pouco, e fazê-los esfriar os ânimos.

Assim, Astrael foi arremessado, e caiu. Caiu e foi desaparecendo entre as nuvens que ficavam abaixo do pico. Uma enorme tempestade abateu-se sobre o local. Ventos furiosos varreram o pico e a cidade. Uma chuva torrencial lavou e limpou cada canto daquela montanha. Pouco mais de uma dúzia de mulheres e homens alados, tanto antigos quanto novos, sobreviveram. Justamente aqueles que não foram carregados pelos ventos por haverem arrancado todas as suas penas e cortado as asas como sinal de que não concordavam com aquele crime bárbaro praticado contra quem os fizera conhecer a liberdade, no caso dos novos; ou abrira-lhe os olhos para a verdade, no caso dos antigos. Sim, estes reconheceram naquela triste figura o amigo Astrael.

Mesmo sem conseguir voar, eles permaneceram na cidade. Seus filhos, que nasceram todos com asas, povoaram aquela montanha, e até hoje andam pelos quatro cantos da Terra ensinando a todos como obter asas e desfrutar a alegria de voar. Dizem eles que, alguém que voar alto, mais alto do que acha que consegue, seja em tempo bom ou noite de tempestade, se olhar com os olhos da alma, terá a oportunidade de ver a figura de Astrael. Ele estará voando e sorrindo, com as maiores e mais bonitas asas que alguém pode conceber, protegendo e abençoando a todos aqueles que se dedicam a dar asas a quem não as tem.

# O procedimento Z

A Superintendência de Apoio ao Combate ao Crime Intermundos é uma dessas agências em que todo agente quer trabalhar. O uniforme preto reluzente, o capacete vermelho-fogo em forma de cone curvado e toda aquela parafernália eletrônica que os agentes recebiam para o trabalho de campo deixava qualquer jovem desejoso de aventuras doido de vontade de integrar o efetivo da agência. É claro que os recrutadores do mundo de baixo não diziam que somente poucos escolhidos, após anos de serviço provando suas habilidades, é que poderiam ingressar no serviço da SACCI. Eles preferiam deixar os jovens sonharem com a fama e uma vida emocionante, de forma a ter sempre grande número de recrutas ingressando na polícia e nas outras agências administradas pelo comando central.

A SACCI carregava todo esse *glamour* por tratar-se da única agência autorizada a ter contato com o mundo dos homens, ou "mundo de cima", como os habitantes do subterrâneo diziam, em oposição ao seu "mundo de baixo" como era mais conhecido. Antigamente, esse contato se dava somente no caso de algum crime que envolvesse os dois mundos. No entanto, agora a SAC-CI cuidava de qualquer contato que fosse necessário, e nomeava embaixadores, espiões ou representantes para serem seus informantes sobre as atividades relevantes exercidas entre os homens. Sempre que possível, procurava influenciar de forma positiva o mundo de cima no que se referia a deixar o mundo de baixo incógnito e a preservar os ideais e as condições ambientais necessárias para que continuassem existindo com relativa saúde e tranquilidade.

Infelizmente, algumas condições essenciais para a sobrevivência dos habitantes do mundo de baixo, ou da Nação, como costumavam referir-se a si mesmos, estavam desaparecendo. A Nação vinha enfrentando graves problemas em um dos seus últimos redutos conhecidos. O país conhecido como Brasil adotava cada vez mais políticas invasivas e destrutivas de matas e florestas, ou seja, dos locais onde a Nação habitava. As árvores e as matas, além de cobertura ideal para as cidades subterrâneas, eram a fonte limpa de energia utilizada em todos os edifícios e locais de produção de alimentos da Nação. Energia não era um problema para eles, mas uma mata intoxicada, poluída, ou, pior ainda, destruída por completo, além de tratar-se de um ataque à vida, coisa inaceitável para a Nação, deixava de ser uma fonte possível de energia e passava a ser uma fonte de problemas.

Esse era um problema a ser debatido pelos cientistas, como dizia o Comandante Pedrosa, Superintendente Geral da SACCI, que, no momento, se concentrava em encontrar um meio de reverter uma situação potencialmente perigosa criada por um de seus subordinados:

– Eu não acredito, Capitão! Como alguém treinado como agente desta agência pode fazer tamanho disparate! – vociferava Pedrosa, começando a falar com a linguagem empolada, como fazia sempre que ficava furioso.

Pedrosa, com seu metro e quarenta, era considerado um indivíduo alto entre os habitantes da Nação. Era um curupira vigoroso com o cabelo avermelhado, já começando a rarear nas têmporas. Entre os curupiras, a falta de cabelo era diferente de como era comum entre os humanos, nos quais a calvície começava sempre pelo topo, de forma que os curupiras mais velhos sempre pareciam com moicanos em chamas. Era um comandante da escola antiga, na qual gritar e esbravejar eram sinais de autoridade. Apesar disso, sempre fora justo em suas decisões, ou quase sempre, e por isso continuava na ativa após mais de trezentos anos de serviço.

– Foi como eu disse, Comandante, o Cabo Caverali executou o Procedimento Z hoje de manhã. Logo após trazer o prisioneiro, o cabo foi detido e aguarda para ser interrogado, mas parece bem confiante de ter feito a coisa certa.

– A coisa certa, a coisa certa, o Caverali não saberia diferenciar o certo do errado nem que tivesse um Manual de Instruções sublinhado com marca-texto. Como foi que alguém o admitiu nessa agência?! – exclamou Pedrosa, já começando a gritar de novo.

O Cabo Caverali era um jacareliano magricela que, apesar de estar a serviço da agência há quase um ano, teimava em continuar adotando algumas práticas pouco comuns entre os recrutas. Cultivava uma cabeleira aloirada ao estilo *hippie*, que só ele acreditava que lhe caía bem por sobre a pele verde escamosa.

– Pelo que lembro, foi uma indicação sua, Senhor, em agradecimento aos serviços que o pai dele, seu primo em quinto grau, prestou durante a Segunda Grande Rebelião, e em recompensa...

– EU SEI COMO ELE FOI ADMITIDO! – Pedrosa gritava furioso, já a ponto de espumar. – EU NÃO ESTAVA REALMENTE PERGUNTANDO!

– Ok, esqueci-me dessa sua mania de fazer perguntas ao ar. – retrucou com tranquilidade o Capitão Sabugo, que lembrava muito bem da conhecida mania do Comandante, mas que não perdia a oportunidade de lembrar-lhe desse detalhe desastroso. – Mas, talvez, Senhor, ele tenha tido os seus motivos, quem sabe, durante o interrogatório, não acabemos dando razão a ele.

O Capitão Sabugo era um ser único em toda a Nação, e só alcançou o *status* de cidadão após uma batalha judicial histórica nos tribunais do povo subterrâneo. Fruto de uma experiência clandestina, mistura de magia proibida e alta tecnologia, Sabugo era um ser dual. O Tecmago que o criou, agora preso em uma instituição para criminosos mentalmente debilitados, utilizou elementos vegetais e animais para a sua experiência. Segundo ele, o objetivo era criar um ser que se alimentasse diretamente dos raios solares. Ainda não se sabe se o resultado foi esse, mas, de qualquer forma, o Tecmago, ao mexer com forças proibidas e perigosas, acabou quase explodindo a principal cidade de baixo, perdendo a sanidade e quase expondo a Nação para o povo de cima. Sabugo nasceu dessa experiência e sempre foi um ser entre dois mundos, meio guerreiro meio filósofo, meio deprimido meio palhaço, meio soldado meio intelectual.

– Eu não preciso interrogá-lo para saber que ele fez uma grande besteira. Novidade seria se ele tivesse feito alguma coisa certa! Nós o colocamos no posto mais pacífico e calmo de todo o setor, e ele adota o Procedimento Z com um menino com o quê? Não mais de dez anos de idade?

O Procedimento Z era o recurso mais radical que havia para resolver qualquer tipo de problema, e a SAC-CI só o adotava em casos extremos. O Procedimento Z, ou Procedimento Extremo como também era conhecido, consistia em abduzir o agressor e trazê-lo como prisioneiro para o mundo de baixo, onde poderia ser mantido privado da liberdade por tempo indeterminado. Dar-se a conhecer dessa maneira para um humano era impensável para a Nação. Eles procuravam manter o máximo de sigilo sobre a sua existência, ou pelo menos sobre essa existência tecnológica e avançada que quase ninguém conhecia. Muitos dos prisioneiros, geralmente humanos de alta periculosidade e autores de grandes crimes contra a Nação, nunca eram libertados.

– Sim, Senhor, entendo seu ponto de vista. O Senhor deve ter razão, não há desculpa para a atitude do Cabo Caverali. Um menino humano de dez anos não parece ser muito perigoso mesmo.

– Pois, então! E pelo que fui informado, não satisfeito em somente trazer o menino, ele achou interessante vir conversando com o garoto durante todo o trajeto até a sede do comando, falando da vida aqui em baixo, das raças que compõem a Nação e até da SACCI! Francamente, às vezes, eu me pergunto como esse rapaz veio parar nesta agência...

– Pelo que lembro, foi o Senhor mesmo...

– EU SEI COMO ELE VEIO PARA A SACCI!

– Pedrosa sentou-se, exausto com a situação. Após um longo suspiro, completou: – Vamos levar o menino para conversar com nossa cientista *popstar*, e ver se ela consegue descobrir o quanto o menino sabe e se consegue consertar a situação.

Era impossível não notar. Não porque fosse grande, ou estranho, ou feio, na verdade, era exatamente o oposto de feio ou estranho. Apesar do estilo arrebitado e pontudo, o narizinho da Comandante Maia era tão assustadoramente perfeito que era quase impossível de existir. Muitas Iaras tinham esse efeito mesmerizante nos seres das outras raças da Nação. Dona de um nariz estonteante, e de todo o resto no mesmo nível, a Cientista e Tecmaga Chefe da SACCI, além de suas atividades na agência, ocupava parte de seu tempo como atriz celebridade, em diversas turnês pelos quatro cantos do mundo de baixo.

O menino fora levado para a Sala de Interrogatórios sete, onde a Comandante já o aguardava. Claro que ele não precisaria estar acordado para responder as perguntas. Toda a verificação do que ele havia descoberto, ou do que o parvo do Cabo Caverali havia contado para ele, seria feita por datisondas. Antigamente, a sondagem era feita diretamente com o mago ou maga colocando os dedos no rosto da pessoa. No entanto, há muitos anos essa técnica havia sido substituída pela utilização de dispositivos longilíneos em forma de dedos. O povo de baixo gostava de manter a tradição, afixados nos pontos neurais da fronte da pessoa a ser sondada. Pequenos fios ligavam os dispositivos até um pequeno plugue implantado no crânio do mago, e, no caso dessa maga em particular, caprichosamente escondido pelos lindos cabelos cor de cobre da Comandante Maia. A mão do mago pousava sobre um pequeno escâner que transmitia os impulsos para um monitor que, além da imagem surpreendente, podia também arquivar toda a informação de forma comprimida.

Além da Comandante Maia (irresistível), estavam presentes no interrogatório o Comandante Pedrosa (tentando manter a calma), o Cabo Caverali (mascando chiclete) e o Capitão Sabugo (com o olhar perdido), e mais dois ou três técnicos para ajustar os aparelhos e monitorar os sinais vitais do menino. Geralmente, os técnicos escalados para essas questões delicadas eram os pequenos e irrequietos Golens Domésticos, androides ultratecnológicos animados por uma porção da alma do mago que os criara. Os que iriam acompanhar esse interrogatório haviam sido criados pela própria Maia, que, além do gênero feminino, assumiram a intensa vitalidade da comandante. As melhores equipes de cientistas e tecmagos sempre eram compostas dessa maneira. Entretanto, os golens eram criaturas frágeis. Quando acontecia algum acidente que os destruía ou danificava seriamente, demorava alguns meses até que o mago se recuperasse completamente. As três golens de Maia haviam sido nomeadas com sinais gráficos, e eram chamadas de Linha, Ponto e Traço, precedidas pela primeira letra do nome de sua criadora. Linha era especialmente tagarela e, mesmo antes da chegada de todos, já vinha despejando suas teorias absurdas nos ouvidos do menino inconsciente.

O Comandante Pedrosa, que tentava manter a calma, estava prestes a pular no pescoço do Cabo Caverali. Entretanto, ele tentava falar com muita calma, e até com certa ternura, ao questionar o cabo, antes de procederem a sondagem no menino.

– Meu caro Cabo Caverali – disse ele, com um sorriso nos lábios –, o Senhor podia nos explicar por que resolveu executar o procedimento Z nesse rapaz, que aparenta ser tão inofensivo? –

– Claro, meu bom comandante, o menino estava tentando capturar agentes da SACCI.

– Sei. Então, esse menino de dez anos estava tentando capturar nossos agentes. E o Senhor poderia nos dizer como ele estava tentando cometer esse crime?

– Claro! Ele estava munido de uma peneira e de uma garrafa lá na beira do riacho que fica no meu setor, aguardando que algum de nossos agentes subisse pelo redemoinho para efetivar a captura.

– Mas será que o senhor não sabe – prosseguiu o Comandante, – que essa história de capturar Saci com peneira é apenas uma das muitas histórias QUE NÓS MESMOS IMPLANTAMOS NA CULTURA DO MUNDO DE CIMA PARA PRESERVAR E PROTEGER NOSSA IDENTIDADE?! – enfureceu-se ele, cuspindo as últimas palavras (e mais alguma coisa) no rosto do cabo, que se encolheu apavorado.

– Calma, Comandante. – interrompeu o Capitão Sabugo. – Quem sabe fazemos logo a sondagem para saber o quanto o menino sabe? Tenho certeza de que a Comandante Maia terá uma boa solução para qualquer problema que possa ter sido gerado pela desastrosa ação do filho do seu primo, ou melhor, do Cabo Caverali.

– Vamos logo com isso, então! – ordenou Comandante Pedrosa, tão atordoado, secando o suor da testa, que nem percebeu que, de novo, o Capitão fazia questão de lembrar-lhe sua responsabilidade no ocorrido.

– Ok, vamos começar. – sugeriu a tecmaga. – Começando em 3, 2, 1... – com um leve tremelico do seu irresistível nariz, Maia indicou para M. Linha que colocasse os dispositivos em funcionamento. Algumas imagens pálidas apareceram no monitor. Rapidamente, sucedeu-se uma série delas. A maioria não era sequer figurativa, apenas luzes e cores dançantes ou imagens que sugeriam objetos aparentemente aleatórios. Era na interpretação dessas imagens falsamente sem nexo que residia a magia e o talento dos tecmagos. Posteriormente, as imagens eram reanalisadas e devidamente estudadas.

– Sim, parece que o menino aprendeu bastante. – narrava Maia. – Teve um bom vislumbre da vida aqui, das raças que compõem o mundo de baixo, da SAC-CI. Pelo jeito, o cabo gosta mesmo de contar histórias. Alguns dos fatos mais importantes dos últimos anos fazem agora parte das memórias auditivas do menino. Ele aprendeu a respeito de alguns de nós também, e a criação do Capitão Sabugo foi um dos assuntos que foram abordados na viagem até a agência, pelo que pude perceber. E, quem diria, parece que o Cabo Caverali andou falando a meu respeito também.

O Cabo Caverali variou entre o vermelho e o roxo quando ouviu a observação da tecmaga. No entanto, felizmente para ele, o foco da atenção foi desviado quando M. Linha avisou que alguma coisa estava saindo do controle.

– O menino abriu os olhos! – avisou Linha.

O FILHO DO AÇOUGUEIRO

– Isso pode nos criar algum problema, Maia? – perguntou Pedrosa.

– Acredito que não, comandante. Mas, geralmente não fazemos sondagens em humanos dessa idade. A mente de uma criança humana de dez anos ainda está em plena formação. Apesar de não haver risco para ela, será difícil que entendamos totalmente o que está acontecendo na sondagem.

– Se me permite observar, comandante – disse Linha –, eu, que sempre acompanho as sondagens tanto em humanos quanto nos habitantes de baixo, nunca vi imagens iguais a essas. A atividade mental dessa criança é *surpreendentosa*!

– Não repare, comandante – atalhou Maia, diante do olhar curioso do comandante –, ela quis dizer surpreendente e espantosa, minha golem adora inventar palavras.

Os olhos do menino permaneciam abertos e atentos, mas não se podia ter certeza de que se lembraria de qualquer desses acontecimentos mais tarde.

– É o suficiente para mim, Maia. Pode suspender a sondagem. Espero que encontremos uma boa solução para o caso, assim, ninguém terá de ser severa e exemplarmente punido por essa desastrosa operação. – seus olhos pousaram sobre o Cabo Caverali, que voltou a encolher-se.

– Sobre uma possível solução para o caso, só o que consigo imaginar é que submetamos o menino à melhor magia de ilusão que conseguirmos, eu mesma posso me ocupar disso. Sugiro que, em vez de nos preocuparmos em apagar suas memórias, tentemos misturá-las com o já conhecido folclore dessa região. E que, ao final do processo, o deixemos ao lado do riacho do qual foi abduzido, com a sugestão de que tenha pegado no sono e sonhado o que quer que ele venha a se lembrar. Só espero que esse episódio não tenha grande influência na vida do rapaz. Com uma mente ativa e imaginativa dessas, ninguém sabe o que pode acontecer.

– Parece bom pra mim. Já suspendeu a sondagem?

– Ainda não, comandante, só um momento. Deixe-me tentar extrair uma última informação para os nossos registros. – após mais alguns segundos olhando a tela, Maia concluiu – Pronto! Linha, arquive esse registro sob o seguinte selo: Lobato, José B.R.M., humano, 1892.

# A dona do sorriso

Lembro que ela me apareceu cheia de sorrisos, aproximou-se e, sem deixar de mostrar os dentes, fez festa nos meus cabelos cacheados. Depois, piscou um olho sem vida e sumiu. Da experiência, sinistra e curiosa, só isso ficou gravado na minha mente, então, infantil.

Havia ainda outra sensação: a dor aguda no estômago e a fraqueza da inanição. Não a percebi, naquela época, como amiga ou inimiga, parecia apenas como um daqueles parentes pouco íntimos, mas inevitáveis. Por muitos anos não a vi novamente.

Adolescente sem rumo rumando para o pior. Vivia um dia de cada vez, amortecendo as sensações para suportá-las. Cheguei a vê-la como uma sombra às minhas costas, uma vez ou duas, quando exagerava na dose, mas mantinha a distância apropriada.

Em um dia mais difícil, quando me senti mais ousado e carente do que deveria, vi seus dentes brilhando novamente a dois passos do meu rosto. Qualquer lembrança não dolorosa da sua presença se desvaneceu naquele momento. Sua mão, com mais dedos do que eu conseguia contar, agarrou meus cabelos (ainda cacheados, mas agora amarrados em um rabo de cavalo) sem dó ou constrangimento. Sua baforada fétida me fez engasgar. Dessa vez lembro bem de seu sorriso, ou pelo menos de algo parecido com um, pelo modo cheio de dentes que seu rosto assumira. Só percebi que ela havia ido embora quando minha cabeça bateu violentamente no asfalto e o ar retornou aos meus pulmões. Pela segunda vez, eu havia ficado para trás.

Sem perspectiva e sem esperança, eu a buscava. Não sabia como a encontraria desta vez, esperava que não na mesma forma do terror alucinado da adolescência. Ansiava pela moça de sorriso franco que me visitara na infância faminta, e que agora me parecia ter sido simpática. Até hoje não sei por que a dona daquela pensão infecta escancarou a porta do meu pequeno quarto, entre gritos e insultos, e segurou meu pulso, interrompendo o fluxo de sangue sem perceber que eu já tinha companhia. Sentada em uma cadeira ao meu lado, de novo ela sorria, e o tempo parecia ter lhe feito bem. Mas era um sorriso desanimado, piedoso e decepcionado. Deu-me a impressão de que ela esperava mais de mim. Retirou-se assim que ouviu o som da ambulância, mas não antes de um leve afago nos meus cabelos, que começavam a rarear e a perder o brilho. Acordei no hospital, com saudades dela.

Esforcei-me por não vê-la novamente.

Ajeitei minha vida, casei, constituí família.

Acordei, trabalhei, comi, dormi.

Sobrevivi.

Ela apareceu-me quando eu menos esperava, quando já a tinha esquecido.

Pela primeira vez falou comigo.

– Gostava tanto dos teus cabelos. Aqueles cachos me amoleceram todas as vezes que vim te buscar. Logo a mim, que dizem não ter coração. – e dizia isso com aquele mesmo sorriso que me encantou e aterrorizou.

– Achava mesmo que você tinha uma quedinha por mim. E agora, para onde vamos?

– Eu nunca iria estragar esta surpresa.

Dessa vez me pareceu mais linda do que nunca.

Fui com ela.

Faleci em um dia qualquer de semana, na hora certa.

Com amigos e hipócritas ao redor.

Na hora certa.

# Libertação

Tinha esperança de que aquilo que brilhava
no fundo do buraco estreito e escuro na
parede fosse algo valioso. Não era.
Ao tentar retirar a mão da passagem, houve
um deslocamento das pedras que compunham
as paredes do pequeno duto, aprisionando-a,
irremediavelmente, na altura do pulso,
naquele lugar esquecido pelo diabo.
Um pouco mais acima percebi uma pedra
frouxa. Achei que por trás dela pudesse haver
algum tipo de chave ou alavanca que permitisse
que as pedras deslocadas do duto voltassem ao
lugar, libertando-me. Não havia.
Encontrei a sugestão de liberdade em outra
forma. Atrás da pedra frouxa, encontrava-se
uma faca de fio impecável.

# última memória

    Felizmente, antes que meu pai se atolasse na cachaça e passasse a viver só do ânimo fugaz que a bebida proporciona, nossa mãe nos deu uma boa educação, nos ensinou a ler e a escrever, e nos fez descobrir o prazer pela literatura. Com a sua morte, tudo mudou em nossa casa humilde; passamos a viver do quase nada que a terra nos dá e do pouco que conseguimos vender na cidade. E o escasso dinheiro que ganhamos financia a bebedeira de quem um dia foi um pai amoroso.

    Meu irmão e eu dormimos em um beliche no pequeno quarto de chão batido da casa onde nascemos e crescemos. O pouco mais de um ano de diferença de idade, serviu para nos deixar bem próximos e cheios de afinidades. Mas algumas das atitudes dele têm me assustado nestes últimos dois meses. Lembro-me de duas ou três vezes ter acordado com estranhos ruídos em nosso quarto. Segundo meu irmão, não é nada com que eu deva me preocupar, porém não posso deixar de perceber seu olhar de desespero ao dizer isso. Sei que alguma coisa estranha está acontecendo e que ele resiste em aceitar. Mesmo no frio do inverno, Lauro teima em dormir de janela aberta.

Duas ou três noites atrás, o frio foi tanto que mal consegui pregar os olhos. Felizmente, nada estranho aconteceu naquela madrugada. O fato mais aterrador que constatei, entretanto, tem se repetido nas últimas noites. Tento ficar acordado para ver a causa das roupas sujas de sangue embaixo da cama de Lauro, mas só as percebo depois do fato ocorrido, quando as vejo esfarrapadas e mal-escondidas debaixo do beliche. Tentei falar com Lauro sobre isso, afinal de contas, por termos quase o mesmo tamanho e pouco dinheiro, acabamos por compartilhar as mesmas roupas, e elas já começam a escassear devido às aparentes atividades noturnas de Lauro. Nesta última semana, ele tem acordado cada vez mais cansado e abatido, parece ter passado a noite em claro, absorvido em algo muito estafante.

Esta manhã, após encontrar meus últimos três livros aos pedaços ao lado da cama, resolvi conversar com nosso pai sobre minhas preocupações. Mesmo bêbado, ele iria me ouvir e eu imploraria por sua ajuda. Entrei em seu quarto, que cheirava a odores acres, e sentei-me na beirada da cama. Ele parecia semiacordado. Após minha detalhada descrição dos fatos, meu pai limitou-se a virar-se na cama e a dirigir-me duas palavras: *isso passa*.

Passei o dia todo alimentando um ressentimento por não poder contar nem mesmo com meu pai para resolver o problema. Quando meu irmão chegou em casa, à tardinha, antes mesmo de que eu conseguisse falar com ele, Lauro trancou-se no quarto com meu pai e ficou lá por quase meia hora. O que meu pai estaria conversando com Lauro que não poderia ser dito na minha presença? Será que, pelo menos, ele estava interrogando meu irmão a respeito de seu comportamento? Fosse o que fosse, eu merecia estar junto! Duas palavras para mim e meia hora de conversa com meu irmão não era uma justa divisão da atenção de meu pai.

No início da noite, eu já bufava de raiva por ser excluído do círculo das decisões familiares. Recebi, por meu irmão, o recado de que, logo mais, nosso pai viria esclarecer tudo. Esperei-o já deitado, mas ainda cheio de ódio.

Pela primeira vez em muitos anos vi meu pai sóbrio. Ele veio todo sestroso e começou falando de um assunto que eu não tinha a mínima vontade de discutir: a morte de minha mãe. Avisou-me que todo o segredo em torno desse assunto e das atitudes do irmão era somente para me proteger. Quanto mais ele falava, mais furioso eu ficava.

Sem conseguir mais reter as palavras, contou-me que minha mãe não havia sido morta por um animal selvagem, conforme contara, e sim por ele, em um estado alterado de consciência, que logo eu iria entender melhor. Explicou-me que nossa família sofria de uma maldição e que, em determinadas épocas do ano, ela se fazia presente em nossa rotina. Ele esperava, porém, que seus filhos não a herdassem, como ele herdara de seu pai. Havia casos na família em que esse precedente se verificava.

Ainda que sua voz tenha se embargado e que seus olhos tivessem deixado escapar algumas lágrimas ao confessar sua culpa, era difícil suportar seu relato calado. Além disso, misturar coisas graves como essas com histórias bizarras de maldições e heranças acabou por mexer com meus nervos me deixando visivelmente enfurecido. Percebi que estava prestes a agredi-lo, o que teria acontecido se não fosse a chegada de meu irmão, que carregava uma grande bolsa de couro que era, aparentemente, bastante pesada.

Meu pai explicou que o problema enfrentado por Lauro e por mim nestes últimos meses já era esperado, e que, mesmo em sua eterna bebedeira, ele vinha monitorando o que acontecia em nosso quarto. E falou, então, diretamente sobre a tal maldição. Suas palavras foram tão chocantes que acredito ter saído do ar por alguns momentos. *Licantropia hereditária*, dizia ele. Consegui retomar a plena atenção quando meu pai explicou que ele mesmo sofria daquele mal há muitos anos. Ele havia tido a infelicidade de, em uma amaldiçoada noite, ter se esquecido de tomar todas as precauções necessárias, ocasionando a morte brutal de nossa mãe. Pediu que eu não o condenasse tanto devido a bebida, pois, desde aquela noite, não conseguiu mais olhar-se no espelho sem enxergar o lobo maldito que o dominava vez ou outra.

Começou, então, a falar sobre o meu irmão. Infelizmente, Lauro começara a apresentar os mesmos sintomas que ele mesmo apresentara na adolescência. Alterações de humor, perdas de consciência, incapacidade de controlar seu temperamento, sudorese excessiva. Era o início da primeira metamorfose, o prelúdio da primeira transformação em lobo.

Aquela baboseira toda estava me cansando. me irritando. Só suportei porque queria ver até onde iria o delírio daquele homem. Meu pai continuou seu falatório. Explicou-me que as primeiras transformações se davam de maneira parcial, como se o corpo do homem travasse uma batalha interna com o da fera. Então, após algumas noites de fúria e terror, os sintomas poderiam começar a arrefecer, o que significaria que Lauro nunca completaria a metamorfose e estaria livre da maldição para sempre. Esse processo já havia ocorrido há mais de um ano, e Lauro nunca mais apresentara qualquer sinal de que viesse a sofrer de licantropia.

Não entendi o que ele afirmava, visto que eu mesmo presenciara, se não os fatos, pelo menos os indícios recentes e inequívocos de que alguma coisa estranha continuava acontecendo com Lauro. No entanto, nessa altura da conversa, meu pai disse-me a frase que nunca esquecerei: *Para você, Luís, o destino não foi tão caridoso, e vamos ter que tratar a questão de outra maneira.*

Imediatamente, Lauro abriu a bolsa e retirou dela grandes correntes e algemas, ambas de um material que julguei ser prata. Antes que desse por mim, eu estava me debatendo e espumando pela boca. Mãos trêmulas, mas poderosas, prendiam-me com os artefatos, enquanto ainda conseguiam controlar a fera que ameaçava brotar de meu corpo. A cada pontada de dor lancinante que me rasgava o peito, parecia que uma memória adicional do que se passara nos últimos dias era acrescentada à minha mente embrutecida pelo ódio. Lembrei-me de meu irmão insistindo para que a janela ficasse aberta na madrugada e das noites que escapei por ela, uivando enlouquecido. Lembrei-me da noite em que retalhei os livros que me faziam recordar da infância e dos tempos de pureza e paz. Lembrei-me de chegar, meio homem meio lobo, quase de manhã, com as roupas sujas e ensanguentadas sendo gentilmente retiradas por meu irmão e jogadas para baixo do beliche, e da sua paciência ao limpar-me metodicamente com um pano úmido. Lembrei-me das noites em claro que Lauro passara ao meu lado, cuidando para que eu não me machucasse ou quebrasse tudo no meu sono agitado de lobo.

E a última memória que tive, por muito tempo, foi a do sentimento de ódio por me subjugarem daquela maneira, negando-me o direito de finalmente trilhar meu caminho sob o luar.

# Dívida

Ronaldo saiu da escola correndo, nariz sangrando, lágrimas descendo pela face. O *bullying* havia ido longe demais daquela vez. Para os colegas, alguém portando um nome desses deveria ser um craque de futebol, e não aquele *nerd* desengonçado que colecionava gibis e passava as tardes lendo livros na biblioteca. Não queria chegar em casa com o rosto ensanguentado daquele jeito. Os pais já olhavam Ronaldo cheios de pena, e o menino achava aquilo ainda mais deprimente do que ser vítima dos colegas maiores na escola. Ele queria que, pelo menos em casa, o tratassem como uma pessoa normal. Já estava cansado daquela conversa do pai de que *a maioria dos meninos só demonstra aptidão por esportes lá por volta dos onze anos, meu filho, você só está um pouco atrasado, mas logo vai jogar parelho com os outros*. Ronaldo já tinha doze anos e estava MUITO atrasado em relação aos colegas no que dizia respeito a qualquer atividade física. Além disso, ele nem gostava de futebol ou de qualquer outro esporte. Resolveu recompor-se e lavar o rosto no riachinho há pouco mais de cem metros dali. Após atravessar o pequeno bosque que antecedia o riacho, ajoelhou-se junto à margem e começou a se lavar. Enquanto esfregava as marcas de sangue coagulado, levantou o rosto e reparou no estranho homem na outra margem. Era um sujeito alto, vestido de preto, parecia magro demais e careca. Encontrava-se sentado, encostado em uma árvore. Ostentava um sorriso debochado que parecia não caber naquele rosto estranho. Sem aparentar esforço algum, a estranha figura transpôs os aproximadamente três metros de largura do riacho com um salto e ofereceu a mão para que Ronaldo se levantasse. Disse apenas uma frase. *Traga-os aqui amanhã e eu prometo que eles nunca mais o incomodarão.*

No dia seguinte, a visão daquele sujeito não saía da cabeça de Ronaldo, e a frase dita de modo tentador queimava seus ouvidos. Como se guiado por uma vontade alheia, fez questão de implicar com os colegas agressores na hora do recreio. Conseguiu fazer com que o seguissem. Cinco deles ainda o perseguiam quando chegou ao riacho. O homem o aguardava na margem de cá desta vez. Os meninos só o enxergaram quando pararam para chutar Ronaldo, que havia caído ao lado dele. Ficaram mudos, paralisados. O sujeito, após um sorriso torto e cheio de maldade, pareceu transfigurar-se em algo que, segundo o relato de Ronaldo e de seus perseguidores aos colegas da escola após o ocorrido, era a mistura de lobisomem com chupa-cabras virados do avesso. Um chegou a falar em alienígenas; outro, em um demônio saído direto do inferno. Independentemente das interpretações, o fato é que, devido ao que viram naquela manhã, dois dos perseguidores de Ronaldo sujaram as calças ali mesmo e deixaram rastros malcheirosos pelo trajeto; outro teve o mais próximo possível que um menino de quatorze anos pode ter de um AVC, precisando ser buscado no meio do caminho de volta por um grupo de alunos ainda descrente do ocorrido; e os outros dois correram até suas casas sendo encontrados somente no final da noite, debaixo de suas camas. Ronaldo confirmou a cara feia do sujeito, mas, por algum motivo, não sentiu o mesmo terror que os outros meninos. Antes de deixar o local, ouviu apenas outra frase do homem misterioso. *Agora você me deve um favor; aguarde, que a cobrança chegará.*

Ronaldo relatou o acontecido diversas vezes no dia seguinte. Ele tornou-se popular, importante, e os antigos agressores eram agora companheiros da aventura mais incrível que aquela escola já presenciara. Passou a ser convidado para festas, passeios e encontros.

Ronaldo cresceu, adquiriu porte físico, coordenação motora, entrou para o time de futebol da escola, continuou com o clube de leitura, agora cheio de adeptos, choveram garotas interessadas em conhecê-lo melhor, enfim, desabrochou.

Passados cinco anos, Ronaldo mal se lembrava de que um dia não fora aquele adolescente popular no qual se tornara. Apesar de ainda tímido e retraído, soube aproveitar bem seus novos talentos e oportunidades. Aos dezessete anos, havia encontrado a garota perfeita e ansiava pelo primeiro beijo.Exatos cinco anos após o acontecimento, já parcialmente esquecido, mas que transformara sua vida, resolveu levar a quase namorada, Angela, para conhecer o cenário ideal para o primeiro beijo do casal. O riacho perto da escola.

Chegaram de mãos dadas.

Ao se aproximarem, Ronaldo sentiu a mudança de clima no local. Percebeu que o lugar parecia imobilizado, como se algum acontecimento importante, e tenebroso, estivesse prestes a ocorrer. Não se ouvia um ruído sequer. Sentaram-se no banco junto à margem – banco que não existia há cinco anos, mas que se tornou necessário devido à popularidade que o local alcançou. Então Ronaldo sentiu a mão no ombro, ao mesmo tempo em que percebeu o olhar vidrado de Angela, como se a menina tivesse se desligado do mundo. Voltou-se e encarou mais uma vez o estranho homem. *Vim cobrar a minha dívida com você. Espero que tenha aproveitado bem esses últimos cinco anos. A garota servirá bem aos meus propósitos.*

Se alguma vez Ronaldo havia sentido ou imaginado o que significava a palavra desespero, não teria chegado perto do sentimento que o dominou naquele momento. O homem estendeu a mão exigindo que Ronaldo entregasse Angela. Os percalços da infância e da adolescência pareceram insignificantes naquela hora. No entanto, haviam ensinado Ronaldo a nunca desistir.

*De nada me valeram esses últimos cinco anos se eu não puder concluí-los agora com o que tenho esperado por tanto tempo. Antes de levar a menina, me deixe dar o primeiro e último beijo.*

O homem acenou com uma caderneta com capa de couro e páginas vermelhas como o sangue. *Neste livro tenho seu compromisso anotado, dessa dívida você não pode fugir. Mas ainda tenho mais alguns minutos antes do vencimento do contrato, e posso deixar que fique com essa lembrança patética.*

Ronaldo desconhecia que fazia parte de tal acordo com aquele homem, mas pelo jeito o sujeito tinha poder para fazer cumprir o que alegava estar anotado na caderneta. *Agradeço sua gentileza e peço que anote essa permissão no seu caderno. Não sei se serão poucos ou muitos minutos que levarei para convencer Angela a me beijar, e não quero, mais uma vez, ser surpreendido por suas mágicas quando estiver tão perto do meu objetivo.*

O homem pareceu desconfiado, porém, percebendo o olhar vidrado, mas apaixonado, de Angela, julgou que não demoraria para que o tal beijo acontecesse. Deu o mesmo sorriso torto e fez a anotação.

Angela, ainda sentada no banco, imóvel, pareceu voltar à vida, e, Ronaldo, notando a ansiedade da moça, preparou-se para concluir aqueles cinco anos.

Há poucos milímetros do encontro dos lábios, o rapaz levantou-se e disse estar se sentindo mal. *Acho melhor voltarmos para a escola, Angela. Não quero estragar nosso primeiro beijo com um espirro, uma tosse ou algo ainda pior.* A moça, entre decepcionada, constrangida e indignada, levantou-se e deixou o local com passos decididos.

*Por que fez isso? Eu avisei que dispunha de apenas poucos minutos! Terei de levá-la agora mesmo!*

CHRISTIAN DAVID

Era a vez de Ronaldo:

*Avisou que tinha poucos minutos e também anotou aí na sua caderneta que não cobraria a dívida, ou seja, que não a levaria antes que nos beijássemos. E isso nunca vai acontecer. Espere sentado nosso primeiro beijo. Até lá, mantenha-se longe da minha namorada!*

Ronaldo deixou para trás o estranho homem e seus gritos estridentes em uma língua desconhecida. Foi a última vez que se viram.

Passados setenta anos, Angela chora junto à sepultura recente de Ronaldo. Pela primeira vez, ao ver uma pequena folha de papel vermelho rasgada pela metade, mal enfiada pelo vão da tampa de concreto sobre o túmulo, ela acredita plenamente no amor verdadeiro e no motivo que impedira o marido de presenteá-la com o mais singelo beijo.

# Rinaldo

Caro Olavo,

Perdoe-me se escrevo sem muitos detalhes. No momento em que redijo essas linhas, temo pela minha vida e, portanto, devo fazê-lo rápido. Escrevo-as a bordo de um ônibus e pretendo colocá-las no correio na próxima rodoviária. Comentei contigo na semana passada que eu ficaria alguns dias ausente da cidade para visitar um amigo no interior do estado. Na verdade, não era um amigo, e sim um conhecido de nome Rinaldo, que me pareceu bom objeto de pesquisa para aquele livro que sempre quis escrever. Homem de aspecto imponente e aparência de trinta e poucos anos, conheci-o ao frequentar um sarau musical no teatro municipal aí de nossa cidade. Sentamo-nos próximos e acabamos trocando cumprimentos, impressões sobre as obras executadas e cordialidades. Apresentei-me como jornalista. Rinaldo confessou viver de rendas e gostar de arte. Comentou que era uma agradável coincidência conhecer mais um jornalista naquele ambiente, visto que, ali mesmo, em uma apresentação semelhante há cinco anos, conheceu a esposa, também jornalista. Convidou-me a visitá-lo no interior e passar alguns dias em sua casa.

Tamanha foi a impressão que o tal sujeito me causou que, já no dia seguinte, pedi as férias atrasadas que o jornal me devia para visitar Rinaldo e conhecer sua esposa. Ele havia me segredado que a história de sua vida era digna de um livro, que a esposa precisava de ajuda para colocar a ideia em prática e que talvez eu fosse a pessoa adequada para escrevê-lo em coautoria com ela. Dinheiro não seria problema, pois ele pretendia bancar os custos do livro e promovê-lo junto à mídia. Apesar da pouca idade, idade que talvez não escondesse uma vida tão interessante, havia algo em seus olhos que juravam verdade, e que me convenceram a fazer a viagem.

Cheguei a sua mansão em uma terça-feira à noite, era um casarão espaçoso e afastado da cidade. Lembrou-me imediatamente as propriedades inglesas com cercas vivas, vastos jardins e gramados circundando a casa principal. Disse-me ele que, entre outros agradáveis ambientes, a casa tinha sete suítes, uma boa adega, a dispensa recheada, sala de jogos e uma sala de música conjugada a um pequeno salão de bailes. Disse-me também que eu poderia ficar o tempo que quisesse. Rinaldo parecia gostar de privacidade, por isso, fiquei em dúvida a respeito do porquê de ele abrir sua intimidade a mim, um ilustre desconhecido.

Após instalar-me em um dos quartos que ficavam no andar superior, fui até a sala de jogos encontrá-lo, enquanto aguardávamos o jantar. Perguntou-me o que achava de seu desempenho na língua portuguesa visto que, na verdade, era romeno. Confessei que não havia percebido o mais sutil sotaque e parabenizei-o por isso, o que o deixou muito satisfeito. Mostrou-me algumas fotos da esposa. A moça tinha feições extremamente delicadas e tinha uma beleza ímpar. Conversamos até tarde naquela noite e, após um bom jantar, um empregado veio até a sala e cochichou algo em seu ouvido. Rinaldo, então, me informou que a esposa não chegaria naquela noite, pois havia ficado retida por forças maiores em uma cidade próxima, e que provavelmente não chegaria nem mesmo no dia seguinte. Disse-me também que ele teria de se ausentar, mas que, nesse meio tempo, eu poderia ficar a vontade e desfrutar da casa como se fosse minha. Na próxima noite, ele e a esposa poderiam se juntar a mim em uma agradável reunião onde trataríamos dos primeiros rascunhos.

Os convites quase imperativos daquele homem pareciam não aceitar a possibilidade de serem questionados e eu, então, recolhi-me ao quarto no qual me havia instalado, já a altas horas.

Tive um sonho ruim naquela noite. Eu buscava alguém que gritava, uma mulher, que descia intermináveis escadas enquanto era perseguida por uma força sombria que fazia meu coração bater descompassado. Acordei no breu das horas que antecedem o amanhecer, sobressaltado e ainda com a impressão de ouvir o grito agoniado da mulher.

Pela manhã, após o desjejum, pus-me a circular pelos jardins, mas logo me cansei da paisagem. Ansiava pela companhia de meus anfitriões e por tratar logo do tal livro. Voltei a casa e passei a apreciar as obras de arte e decorações dos diversos cômodos. Interessei-me por um cômodo que ficava no fundo do corredor principal, mas em sua porta havia um grande cadeado. O meu interesse partiu do fato de eu me lembrar daquela porta no sonho que tivera à noite. A tal porta do sonho levava à escadaria que descia rumo aos gritos da mulher. Logo que me aproximei, um dos criados da casa advertiu-me, em tom gentil, de que aquela porta não levava a nada. Disse-me que era somente uma parte da casa não , que há anos não recebia manutenção, não tinha luz e nenhuma condição de ser visitada. Sorri e fingi desinteressar-me. Tão logo o criado se afastou, colei meu ouvido à porta com a firme resolução de que, se ouvisse o mais remoto som semelhante a um grito, daria um jeito de abri-la, a fim de descobrir se meu sonho fazia algum sentido.

Nada ouvi nos primeiros segundos e julguei que estava deixando minhas fantasias me dominarem. Eu devia somente ter me impressionado, na outra noite, com aquela bela porta, cheia de entalhes na madeira. Pareceu-me o caso daqueles sonhos que repetem todas as coisas que vimos durante o dia misturados aos devaneios de nossa mente. Quando já havia desistido de toda aquela suspeita infundada, ouvi, claramente, um grito. Pressionei com mais força o ouvido contra a

## O FILHO DO AÇOUGUEIRO

porta e ouvi novo grito. Sem pensar nas consequências de meus atos, segui até a garagem da mansão e encontrei um robusto pé-de-cabra. Ao regressar, inseri-o por entre as ferragens do cadeado e girei-o. Consegui, sem muito barulho, liberar o cadeado e abrir a porta.

O quadro era bem diferente do pintado pelo criado: uma escadaria com sinais de uso frequente se estendia para o subsolo. Os gritos eram cada vez mais audíveis. A cena se desdobrava como no meu sonho, mas eu ainda não sentia a tal presença sombria a me perseguir. Após alguns minutos de descida, cheguei a uma outra porta igualmente trancada. Os gritos originavam-se do outro lado. Infelizmente, eu havia deixado o pé-de-cabra no alto da escadaria. Bati e alguém, uma mulher, logo veio falar comigo. Mesmo separados pela grossa madeira, ouvíamo-nos muito bem. Ela contou-me que era prisioneira do dono daquela casa há cinco anos. Em breves palavras, a mulher relatou que o conheceu no mesmo lugar que eu, e que também era jornalista. Seduzida pelo jeito confiante de Rinaldo, hospedou-se na casa em busca de uma matéria para o jornal no qual trabalhava. Após alguns dias, porém, descobriu que ele era, na verdade, um vampiro. Não resisti e ri naquele momento, era impossível tratar-se dessa criatura mitológica. No entanto, tal era o terror com o qual ela me descrevia os fatos, que me contive. Ela me contou que Rinaldo fora um dos afilhados de tal Conde Vlad Draculea, famoso vampiro da Romênia medieval. A sua intenção era matá-la logo que ele revelou sua identidade,

CHRISTIAN DAVID

mas ela, ao estilo de Sherazade, convenceu-o a esperar mais uma noite. E mais outra. E outra ainda. Agradava-o, fingia interesse em sua vida, prometia colocar em um livro todas as suas incríveis aventuras. Rinaldo apaixonou-se por ela e, toda noite, nestes últimos cinco anos, sugava seu sangue sem matá-la. Viciou-se em Alice. Não podia perdê-la, nem matá-la e nem transformá-la em uma companheira das trevas. Não admitia nunca mais abster-se de seu sangue. Após Alice tentar o suicídio, Rinaldo percebeu que precisava fazer algo. Disse que traria um colega para ajudá-la nas tarefas de escrever o livro e para fazer-lhe companhia por algum tempo, e depois, quando tivesse sede, o mataria. Nesse momento, meu sangue gelou e virei-me para subir a escadaria em busca do pé-de-cabra. Queria libertar Alice e fugir com ela dali o quanto antes. Queria salvá-la, mas não queria ter destino semelhante ao dela. Ao me virar, deparei-me com um machado vindo em minha direção, do qual consegui desviar-me por milímetros. Era o criado que viera em meu encalço. Enquanto o sujeito retirava o machado da porta onde o cravara, corri escadaria acima e saí o mais depressa que pude da mansão e da propriedade de Rinaldo.

Há dois dias, fujo sem parar. Agora, sinto a tal força sombria a me perseguir. Sei que estou marcado para a morte. Conheço dois segredos de Rinaldo: sua condição de vampiro e o amor apaixonado que ele tem por Alice. O primeiro, se revelado, lhe obrigaria a buscar novo refúgio; o segundo, seria delicioso para seus inimigos vampiros. Sim, porque sei agora que são muitos.

Sinto vergonha de ter abandonado a moça a tal sorte, mas não vi outra maneira de preservar minha vida e de disponibilizar para o conhecimento da humanidade a existência dessa raça infame e o mal que nos causam.

Ao enviar-lhe esta carta, posso tê-lo comprometido também. Tema pela sua vida, tome as precauções necessárias e guarde estas informações em lugar seguro.

Do amigo desgraçado,
Lauro Leal

# Despejo

Entrei na casa à noite. Mesmo que houvesse luz, eu não precisaria dela para saber que rumo tomar. Os vinte anos vividos ali me tornavam parte daquele ambiente, eu era capaz de conhecer cada reentrância, saliência e rugosidade da minha velha casa. Casa que já não era minha por seis longos e dolorosos anos e que, desde minha saída, vivia abandonada, aberta aos mendigos e bandidos das redondezas. Ainda me lembro do sorriso debochado, congelado na morte, do oficial de justiça que me entregou a ação de despejo. A casa era minha! Ninguém podia tomá-la! Ao adentrar no que era antes minha sala de estar, um sorriso peculiar brilhou na escuridão. O oficial de justiça, outra justiça, com uma ação de despejo nas mãos pálidas, sorria mais do que nunca.

Quando a foice encostou no meu rosto, fui despejado pela segunda vez.

Desta vez, a prisão era mais longa, e a volta impossível.

# Tenho mais o que fazer!

Essas luzes que dançam no céu já inundam há dias as redes de TV. Parece até que estão procurando alguma coisa. Grande coisa essas luzinhas! Eu tenho mais o que fazer do que perder meu tempo com isso. Tenho sete cachorros, doze gatos, três coelhos, vinte e cinco passarinhos e oito hamsters. Posso não ser uma pessoa das mais brilhantes ou esclarecidas, mas cuidar de bicho é comigo! O que não quer dizer que não dá um bruto trabalho! E agora mais com esse bicho novo que acabei adotando. Ainda não descobri o que esse danado come, mas não vou desistir

não. Ele é meio estranho, teima em ficar de pezinho e me olhando com aqueles imensos olhos amarelos. Primeiro achei que sua cor acinzentada era de doente, mas, como o bicho não morreu, deve ser a cor dele mesmo. Tomara que esses 'diabo' dessas luzinhas deixem meu bichinho em paz. Ele fica muito agitado quando elas passam aqui em cima da minha casinha, já tentou até fugir da jaula meia dúzia de vezes.
Enfim, que eu quero saber de luzinha ou óvni o quê!
Eu tenho mais o que fazer!

# Esporte primitivo

Bernardo abriu os olhos e foi tudo o que fez de livre e espontânea vontade naquele dia, e em muitos outros que se seguiram. Levantou-se, involuntariamente, e executou todas aquelas tarefas rotineiras de arrumar-se para ir trabalhar. Foi, então, levado à frente do espelho do banheiro e ouviu-se falar mecanicamente as seguintes palavras:

"Assumimos o controle de todas as suas funções corpóreas. A partir de hoje você passa a ser dominado pela Força Preparatória de Invasão do Planeta Nébula. Apenas para seu conhecimento, seu número de controle é 2171. Temos todo o interesse em manter seu corpo em perfeito funcionamento visto que, em breve, você, juntamente com toda a população do seu planeta, será um dos operários que trabalhará nas instalações de produção de alimentos a serem remetidos para o nosso planeta. Essas informações estão lhe sendo passadas com o propósito de responder às suas perguntas iniciais de forma a manter a sua mente sã e sob nosso total controle.

Percebemos a necessidade de que, não só seu corpo, mas também de sua mente, permaneça saudável a fim de que o corpo não se danifique ou tenha impulsos autodestrutivos. O implante situado superficialmente no centro de sua testa, com dois centímetros de diâmetro, um milímetro de espessura e cor semelhante à da sua pele é o responsável por mantê-lo sob nosso controle. Caso tenha perguntas, faça-as mentalmente que as responderemos quando nos convier. As perguntas precisam ser formuladas de forma clara e objetiva para que possamos captar seus pensamentos, caso contrário, não seremos capazes de entendê-lo. Acessamos algumas das programações de rotina padrão de seu corpo de forma que suas atividades básicas não sejam interrompidas e que sua atual condição não seja conhecida pelos outros membros de sua raça."

Bernardo foi e voltou mecanicamente do escritório durante toda a semana seguinte. Conseguiu pescar um pedaço de notícia aqui, um comentário ali e, aos poucos, foi montando um quadro mental do que estava acontecendo. A taxa de suicídios havia aumentado drasticamente nos últimos meses entre pessoas que moravam sozinhas. Parecia ser culpa do estresse e da depressão, mas pessoas antes consideradas saudáveis também faziam parte das estatísticas. Outra taxa que subiu drasticamente foi a de derrames em pessoas entre trinta e quarenta anos. A medicina e os cientistas estavam sem respostas. Ele tinha certeza de que tudo isso tinha relação com a Invasão. Ele mesmo estava na idade apontada como de risco pelas estatísticas.

Na segunda semana, Bernardo sentiu dores em várias partes da cabeça.

Na terceira semana, as dores haviam sumido, mas ele começou a ter alguns espasmos musculares, um dos sintomas apresentados por aqueles que acabavam sofrendo o derrame, que já constituía uma epidemia. Ele recebeu o resto da semana de folga e saiu do escritório sob os olhares de todos.

Na madrugada do primeiro dia de folga, Bernardo foi acordado e, novamente à frente do espelho do banheiro, ouviu as seguintes palavras, na mesma entonação mecânica:

"Anteriormente, lhe dissemos que o senhor seria conhecido por um número. Essa prática foi descontinuada, pois sua raça parece mostrar pouca disposição para ordem e massificação. Além dessa medida, outra decisão foi tomada: durante duas horas por semana, seu corpo será devolvido ao seu controle mediante prévia análise das atividades a serem desenvolvidas. Solicitamos que nessas horas sejam realizadas atividades que gerem conforto mental e físico, bem como relaxamento e prazer. Fazemos isso com o propósito de melhorar a qualidade de seu corpo durante o resto do tempo em que o controlarmos, visto que, até agora, os indivíduos de sua raça submetidos a controle total durante tempo integral tiveram seus organismos danificados. Seu horário de lazer será daqui a dois dias, das 19 às 21h. Solicitamos que exponha mentalmente suas ideias para o período em questão para que aprovemos e providenciemos os preparativos necessários."

Bernardo pensou que, talvez, seu estado de espírito dos últimos dias tivesse feito soar algum alarme na central que cuidava dos humanos. Isso teria feito os invasores buscarem uma alternativa para mantê-lo saudável, pois sabiam que ele era um forte candidato ao fatídico derrame. Ele, porém, não tinha manifestado ainda, de forma consciente, sua rebeldia, e talvez eles não soubessem que uma ideia havia se formado em sua mente.

Quando formulou claramente o pedido, apenas 45 minutos antes do horário programado para o início, temeu que os nebulosos não lhe dessem o direito à atividade em represália à sua demora. No entanto, quando eles responderam, Bernardo sentiu certo tom de alívio na voz mecânica. Percebeu que seu pedido nem fora cuidadosamente analisado. Talvez o funcionário nebuloso que cuidava dele não pudesse perder mais ninguém naquela semana, ou seu equilíbrio mental-corpóreo estivesse chegando a um nível crítico. Qualquer que fosse o motivo, serviu bem aos propósitos de Bernardo.

Ele foi informado ainda que, a qualquer perigo que envolvesse sua integridade física ou o implante, ele seria imediatamente imobilizado e perderia as horas de lazer.

O pedido foi feito nos seguintes termos: *aos odiados invasores, desejo pedir que me concedam o direito de disputar uma partida de futebol.*

"Estamos acessando nesse momento uma de suas gravações a respeito desse esporte. Concluímos ser um esporte de grande popularidade nessa região do seu planeta."

Era essencial para os planos de Bernardo que os nebulosos não tivessem grande conhecimento a respeito da dinâmica do jogo. Tendo resolvido, portanto, exercer uma pressão calculada na decisão dos nebulosos, ele disse o seguinte: *O pessoal com o qual eu me reunia para jogar nas quintas já deve ter chegado ao campo de futebol, vocês permitirão ou não que eu realize minha atividade?*

"Sim, permitiremos", responderam os nebulosos, já não tão confiantes, "mas gostaríamos antes de um esclarecimento quanto ao seu pedido: Esse objeto é realmente direcionado com os pés ou há algum tipo de controle mental sobre a esfera?"

Felizmente eles não conhecem muito sobre o jogo, deduziu Bernardo. *O direcionamento da esfera é feito somente com os pés.*

Após alguns segundos de hesitação, veio a resposta definitiva: *"permitiremos que realize sua atividade primitiva."*

Bernardo retomou o controle do corpo e dirigiu-se ao campo de futebol de uma universidade próxima. Os invasores haviam cuidado bem de seu corpo, sentia-se mais forte e ágil do que nunca. Chegou ao ginásio e foi logo procurando o pessoal do seu time.

– Hoje eu jogo na zaga – anunciou. Os colegas estranharam que, após três semanas de ausência, o atacante do time aparecesse dizendo que ia jogar na zaga, mas acharam melhor deixar assim, Bernardo andava estranho naqueles dias. O time adversário era o do pessoal do setor de entregas da empresa.

Aos doze minutos aconteceu exatamente o que Bernardo queria. O atacante mais forte do time adversário cruzou uma bola do bico da grande área tentando alcançar um dos outros dois atacantes que se apresentavam no lado oposto da pequena área. O chute foi tão forte que não descreveu aquela parábola típica dos cruzamentos, a bola veio quase fatal para qualquer um que fosse atingido.

Tudo aconteceu muito rápido. A bola vindo, Bernardo se jogando em direção ao cruzamento, e sua própria voz gritando em desespero: "Você não disse que a cabeça poderia ser usada! Não faça issooooo..." Bernardo acordou no hospital. Após o cabeceio, ficou desacordado por uma hora. Levou a mão à testa e, no lugar do implante, encontrou uma pele lisa e sensível. A pele estava toda avermelhada ao redor do lugar onde se encontrava anteriormente o implante. A bola atingira em cheio aquela região. Bernardo controlava seu corpo novamente.

Assim que se recuperou e recolheu as informações que pôde, dedicou-se a provar e a divulgar o que havia acontecido com ele.

E, então, o "primitivo esporte dessa região do planeta" impediu que a Terra se tornasse uma imensa colônia nebulosa.

# Tempestade em zlaD

Quando começou a tempestade de raios, todos correram. Na verdade, aqueles que já haviam atingido pelo menos um estado semissólido fizeram isso. Os outros simplesmente deslizaram em direção à tempestade e ficaram a senti-la, maravilhados. Até mesmo os vendedores de sons e gases, os petiscos e perfumes mais desejados de zlaD, deixaram suas bancas na praça para apreciar e orar frente à tempestade, arriscando a exposição aos ataques dos léptons errantes.

MtaldzuM assistia a tudo do alto da torre de sua mansão a céu aberto. Não tinha muitas esperanças. Sabia tratar-se de uma tempestade passageira e localizada. Ele, mais do que ninguém, sabia disso. Em suas últimas pesquisas, constatou que as tempestades de raios seriam cada vez mais raras, e que o destino de sua cidade e de seu planeta era sombrio. Talvez não do planeta como corpo físico, mas de toda a já escassa população que habitava nele. Não havia motivos para comemorar seu aniversário de 1712 ciclos. Não seria aquela tímida tempestade, a única de toda a última década, que lhe daria esperanças ou lhe traria alguma alegria no dia do surgimento de sua consciência.

O pulso magnético na antena da torre da mansão anunciava a chegada de alguém. Nem mesmo todo o gás que a recém-chegada havia misturado aos seus fluxos energéticos conseguiria enganar seu companheiro. MtaldzuM reconheceria a aura picante e adocicada da esposa entre mil outras. Era blistriuR que voltava para casa. Os dois, zuM e uR, o casal de cientistas que vinha trabalhando há séculos no problema da falta de raios e da interrupção da evolução do planeta, haviam chegado a um beco sem saída. Já tinham arquitetado uma série de soluções possíveis, mas necessitavam de verbas para pesquisa e de autorização da casta coletora para realizá-las. As respostas, quando vinham, eram sempre negativas e desanimadoras. Aconselharam-se, no passado, com os seres materiais, antes que todos parecessem cada vez mais distantes, e agora com os semimateriais, mesmo que esses mal conseguissem manter seus fluxos e, por consequência, colaborar de forma coerente. Haviam, por fim, tomado a decisão. Entre todas as possibilidades de solução, existia uma que poderiam colocar em prática, ainda que apresentasse certos riscos.

Muitos anos de colaboração secreta entre pesquisadores de diversas cidades do planeta e muitas horas gastas em rotinas de laboratório produziram uma possibilidade de solução para a crise. Isso sem levar em conta o esforço para apaziguar a guerra de egos entre os cientistas e o custo quase total da fortuna pessoal de zuM e uR. A autorização dos coletores, é claro, nunca veio, mas, a essa altura dos acontecimentos e da situação crítica em que se encontravam, não podiam mais se dar ao luxo de esperá-la. Quase todos os membros da classe cientista, e especialmente zuM e uR, haviam se desgastado em solicitações infinitas aos coletores, a ponto de serem taxados de subversivos e nocivos à sociedade. Durante muito tempo, foram mantidos sob vigilância; vigilância essa que só serviu para atrasar ainda mais o andamento das pesquisas.

UR segurou o dispositivo magnético bem junto de si. O aparelho composto basicamente de energia submetida a um rígido e extenso protocolo lhe causava pequenos estremecimentos na aura. Era essencial que isso não fosse percebido por ninguém, principalmente pelo mestre-coletor de plantão da estação de coleta a que se destinavam. A perigosa subversão da dupla deveria continuar secreta se desejassem ter acesso ao plugue da rede ou a uma segunda chance em outra ocasião.

VmaljuX, ou Mestre juX como era conhecido na ordem, passava por um momento crítico em sua carreira de coletor. Fora colocado ali naquela cidade, antes próspera e agora decadente, a fim de ser esquecido pela liderança da ordem, que via nele alguém com ideias muito pessoais a respeito dos procedimentos-padrão. Desiludido com a liderança, decidira apresentar o melhor trabalho que pudesse em qualquer buraco em que o metessem. Vivia num dilema: tinha sonhos de grandeza, de ser adorado e reverenciado, mas não se continha em suas opiniões a respeito dos procedimentos da ordem, principalmente no que dizia respeito às decisões do círculo superior, que considerava brandas por demais, e se amaldiçoava por isso. Até que, ali mesmo na sua cidadezinha esquecida pelos raios, aconteceu a única tempestade da década. Voltava a se colocar no centro das atenções. Os raios, mesmo em pequena quantidade e duração, haviam fortalecido a população, criando mais um ou dois semimateriais, ainda que difusos. O índice de coleta caiu drasticamente, e Mestre juX fora chamado a atenção duas vezes na última semana, uma delas pelo próprio Mestre-mor.

Os coletores são seres sombrios, esquálidos, aparentemente sem energia, quase iguais às sombras que coletam. No entanto, ao contrário do que se esperaria ao olhar para tais figuras deprimentes, são extremamente potentes em suas emanações, apesar da aura quase inexistente. Oficialmente, a ordem vive das doações dos parentes das sombras coletadas e da venda dos serviços de coleta.

Conta-se que, antes do estabelecimento da ordem, milênios atrás, as sombras andavam errantes, apenas reflexos daqueles seres antes tão cheios de energia e vitalidade. Quando se tratava da sombra de um ser material, o espetáculo era ainda mais devastador. Nos dois casos, elas infiltravam-se em meio aos fluxos, prejudicando a comunicação e a evolução à materialidade tão desejada. Ao trazerem a ordem para esse caos, desenvolvendo o eficiente sistema de coleta, possibilitaram a formação de

O FILHO DO AÇOUGUEIRO

cidades, dos grupamentos energéticos e dos seres materiais. É claro que ninguém mais que tenha presenciado esses fatos continuava fluindo para contar história.

Assim que chegaram à estação coletora, zuM e uR se dirigiram ao portal. O ascendente de zuM havia sido colhido ali. ZuM poderia utilizar a desculpa de que desejava homenageá-lo junto aos terminais como motivo para entrar na estação. UR continuava carregando o dispositivo e controlava-se ao máximo para não delatar a presença dele com o bruxulear de sua aura. O guardião da noite, com sua aparência incômoda, logo veio recebê-los.

Mestre juX odiava os cientistas. No início de seus ciclos, havia pensado em seguir carreira na Ciência. Infelizmente, naquela época, os cientistas faziam parte de uma classe desprestigiada que não oferecia grandes recompensas financeiras, o que acabou influenciando juX a optar pela ordem. Poucos anos depois, veio a valorização da Ciência, com o advento da descoberta da utilização dos metais na evolução material. A Ordem Coletora há séculos não chamava atenção por seus serviços à sociedade, e acabou por dividir um pouco do seu prestígio com os cientistas. JuX nunca os perdoou por isso. Não perdoou também o fato de nunca ter perdido o gosto pela Ciência e de sentir-se obrigado a acompanhá-la secretamente. Queria todos os cientistas colhidos.

Diante daquela figura sombria, uR teve um estremecimento. Os espasmos energéticos eram mais intensos agora; em breve, teria de se separar do dispositivo ou perecer. Após a troca de informações entre zuM e o guardião-coletor, lhes foi permitido o acesso aos monitores e à rede. A rede à qual precisavam conectar o dispositivo ainda não tinha sido atualizada, o trabalho de conexão não devia durar mais do que algumas oscilações de tempo.

JuX achou curioso aquele estranho casal. Ela, apesar de não ter ligação energética com o ascendente a ser visitado, parecia mais abalada do que ele. Sua aura ficava tremendo como se ela estivesse muito emocionada. Já havia deixado o casal passar, mas não conseguia deixar de pensar naquela aura e nas emanações que brotavam dela. Era como se a energia daquele ser ficasse dando saltos e sendo reabsorvida constantemente, levando junto consigo um pouco mais das emanações que habitavam naquele lugar, tão fortemente emanado com as emoções de tantos descendentes saudosos. Se ele fosse um cientista em vez de um coletor, imaginaria que ela estivesse carregando algum tipo de dispositivo retroalimentador, o que seria perigoso naquele ambiente, considerando que ali uma sobrecarga do sistema poderia ser desastrosa.

Olhou mais atentamente para os nomes registrados dos dois visitantes. Para seu desespero, reconheceu muito tarde quem eram e no que poderiam estar envolvidos. Antes de deslizar rapidamente em direção aos terminais, amaldiçoou mais uma vez a existência dos cientistas.

UR sentia-se melhor agora que havia se separado do dispositivo retroalimentador e trabalhava ardorosamente na conexão e nos procedimentos do protocolo. Sua

O FILHO DO AÇOUGUEIRO

fé naquele dispositivo era quase religiosa e, devido à urgência do assunto, havia pulado algumas rotinas-padrão e pedido aos céus que isso não prejudicasse o resultado final. Quando juX chegou ao terminal, zuM e uR faziam os ajustes finais. Foi por alguns milésimos de segundo que juX não conseguiu evitar que o dispositivo começasse a funcionar.

A energia retroalimentada a partir daquele momento crescia exponencialmente ao ingressar e retornar da rede. No entanto, por algum erro de cálculo ou de procedimento, em algum ponto da cadeia de alimentação, uma fuga de energia impedia que o dispositivo levasse a rede ao ponto crítico, objetivo do dispositivo fruto de décadas de pesquisas. Narrar o ocorrido em termos de tempo ou de espaço seria impossível, tudo pode não ter passado de um segundo ou ter durado mil anos.

UR ainda sentia-se ligada ao dispositivo e percebeu a falha imediatamente. Ao olhar para zuM, compreendeu que só havia uma maneira de aumentar a energia de tal forma que, mesmo com a fuga, o sistema sobrecarregasse. Então, uniu-se em comunhão a zuM, prática considerada heresia, usando a si mesma como ponte para o dispositivo. UR sabia bem o efeito energético e divino que tal união gerava, a fé e a ciência uniram-se naquele momento para criar o efeito desejado.

Todo um paradigma de sociedade mudava naquele momento. A sobrecarga percorreu todo o sistema de redes ao redor do planeta libertando as sombras aprisionadas. Nesse mesmo instante, os raios, antes tão escassos, precipitaram-se dos céus abundantemente, renovando a vida antes estagnada e gerando uma nova onda de evolução planetária. Teriam de descobrir um novo meio de conviver com as sombras, teriam de descobrir um novo meio de conviver com o passado e com as relações entre os seres. Assim, uR e zuM extinguiram-se, nem suas sombras foram localizadas. No entanto, ao sentir o toque de uma mão amiga, cada ser daquele renovado planeta se lembra do primeiro casal.

# Prometeus

O ambiente lhe era quase familiar. Estava acostumado a trabalhar em um laboratório bem semelhante a esse. Microscópios, bancadas, lupas, autoclaves, balanças, centrífugas, capelas de exaustão, e milhares de outros itens e nichos. Com exceção de alguns equipamentos que desconhecia completamente e dos quais não adivinhava a utilidade, bem podia ser o laboratório que ele próprio chefiava. No entanto, o clima sinistro que a parca iluminação conferia ao local, aliado a um odor por vezes ácido, por vezes doce demais, em contraste com o gosto amargo na boca, tiravam-lhe qualquer sentimento de familiaridade. Nesse momento, vindo de um lugar mais profundo e primevo de sua mente, um desespero irracional o assaltou. Tentou levantar-se – foi quando percebeu que nem mesmo sua cabeça se encontrava livre. Algum tipo de algema metálica prendia-lhe pulsos, tornozelos, cintura e cabeça a uma mesa dura que se inclinava a quarenta e cinco graus. Conseguiu, com o canto dos olhos, visualizar uma sala, igualmente escurecida, adjacente à que se encontrava. Uma imensa janela de vidro separava as duas salas, e a mesma luz enegrecida banhava as paredes.

Para ampliar sua agonia, um repentino clarão cegante inundou o ambiente, dificultando a adaptação de seus olhos claros. Um zumbido monótono e enlouquecedor feria seus ouvidos. Sons de passos cada vez mais próximos serviram como um unguento mental, desviando sua atenção para algo que ele podia focalizar. Assim, aliviou um pouco todas as outras sensações hiperampliadas.

Alguém movia a mesa na qual ele se encontrava e, a cada milímetro de movimento, parecia que um vento muito forte o envolvia, tocando todos os centímetros de sua pele.

– Dr. Maurício, Dr. Maurício Prometeus! – disse uma voz gritada. – Eu havia até esquecido desse seu rosto grego de comercial de TV – o homem insistia em gritar. – Como vão as coisas na comissão? Espero que você não se importe de eu tê-lo requisitado assim, tão repentinamente e contra a sua vontade. Acho, porém, que, se eu pedisse, você não encontraria tempo em sua agenda para me receber. Espero também que goste do laboratório e dos novos equipamentos que andei desenvolvendo, não graças a você, é claro. Você e sua preciosa Comissão para Regulação das Práticas Médicas e Científicas não teriam autorizado o desenvolvimento ou o uso de maior parte dos meus equipamentos. Mas você sabe quem é o verdadeiro culpado, e é por isso que está aí nessa mesa. Vou lhe dar a oportunidade de pagar alguns dos seus pecados.

Enquanto falava, o homem carregava o prisioneiro para a sala escura ao lado. Apesar do novo clarão cegante ao adentrar a sala, Maurício esforçou-se para se libertar das algemas, mesmo sentindo uma dor incompreensível nos pontos de contato do metal com a pele. Sentia-se extremamente desconfortável. Em algum ponto abaixo dos pulmões, começou a sentir uma dor ainda maior.

– Eu aconselho que tente não se mexer. Imagino a dor que deve estar sentindo e, acredite, ela ficará ainda pior. Depende de você, entretanto, a duração e o momento em que ela atingirá o ápice. Faz parte da oportunidade que estou lhe dando para pagar seus pecados. Subornar uma comissão inteira para benefício próprio, tendo como consequência o prejuízo de milhões de pessoas doentes, deve merecer uma atenção especial da divindade e pesar negativamente na balança do juízo. Alguém lá em cima, ou lá embaixo, deve querer muito que você sofra um pouco.

Maurício tentou falar, mas até isso parecia doloroso demais. Uma equipe médica devidamente preparada esperava-o para prepará-lo para algum tipo de cirurgia.

– Talvez, se eu disser meu nome, você se lembre de mim. Dr. Fernando Áquila. Esse nome lhe diz alguma coisa?

Dr. Áquila começou a fazer a assepsia das mãos em uma pia próxima, mas parecia mesmo muito disposto a falar.

– Eu sou aquele cientista que fazia pesquisas no campo da genética e regeneração. Lembra agora? Já vi que não. Aquele que entrou com um pedido na comissão para ter uma nova droga aprovada para testes de campo. Eu propunha a combinação da aplicação de um largo espectro de radiações juntamente com a utilização dessa nova droga para acelerar a regeneração de órgãos lesados ou em vias de falência. Apresentei também a possibilidade de gerar novos órgãos em organismos sadios que poderiam ser retirados uma, duas, dez vezes, e transplantados para pessoas que fossem incompatíveis com o novo tratamento. Além da autorização para a utilização da droga e para a realização dos procedimentos, solicitei também verba para o desenvolvimento da pesquisa. Uma migalha em comparação à soma que a comissão administrava. Infelizmente para mim, mas não para você... Bom, talvez, tendo em vista a sua atual condição, seja infelizmente para você também. Tive todos os meus pedidos negados e minha pesquisa colocada sob suspeita. Acho que agora você se lembra de mim, não? Foi o empurrãozinho final para que minha reputação fosse jogada ladeira abaixo. É claro que você já sabia disso, a comissão agia sempre da mesma forma quando qualquer pesquisa concorresse com a desenvolvida pelo seu laboratório. Eles já estavam bem doutrinados e comprados pelo seu mega-grupo de investidores para que seu laboratório não tivesse concorrentes nessa linha de pesquisa e, posteriormente, nos produtos médicos e genéticos que desenvolveriam. Um pequeno suborno hoje para alcançar um lucro astronômico em um futuro próximo. Nossa, que plano ma-ra-vi-lho-so!

Terminada a assepsia rotineira, Dr. Fernando falava agora bem próximo ao rosto de Maurício, enquanto a equipe aguardava pacientemente. Deitado na mesa, Maurício mal conseguia gemer de dor, apesar de ela aumentar de maneira quase insuportável. As sensações, ainda superampliadas, transformavam seus sentidos em uma fonte de suplício.

– Seu laboratório parece estar fazendo um maravilhoso trabalho com o desenvolvimento de próteses biomecânicas de órgãos internos. É uma pena que os pacientes precisarão ser multimilionários para aproveitarem esse benefício que a ciência irá proporcionar. Assim, parece que fui uma pedrinha no caminho para os planos de vocês, não é mesmo? Precisei encontrar caminhos alternativos para continuar desenvolvendo minha pesquisa. Tive a sorte de encontrar um doente terminal sem herdeiros disposto a tentar o meu tratamento e, o melhor, com muito dinheiro para investir. Agora, porém, o paciente morreu, e eu preciso de mais verbas para resolver alguns problemas que a fórmula da Solução Regenerativa 3.7 apresenta.

Dr. Fernando calou-se por alguns momentos e colocou a mesa em posição horizontal. A equipe aproximou-se e um enfermeiro entregou ao Dr. Fernando um pequeno bisturi. Dr. Fernando baixou-o em direção ao ventre de Maurício e cortou, sem dó nem piedade. Ao contrário do que esperava, não foi uma dor excruciante o que Maurício sentiu. Ele havia chegado naquele limiar de dor em que parecia anestesiado. Estava entrando em choque. Dr. Fernando era hábil com o bisturi e fazia cortes precisos, onde quer que estivesse cortando. Maurício estaria morto em pouco tempo; esse é o destino natural de um corpo torturado dessa forma. Ainda cortando o ventre de Maurício, Dr. Fernando retomou a palavra.

– Talvez você tenha percebido o problema da minha nova droga. Ela simplesmente corta o efeito de qualquer anestesia e maximiza a percepção do sistema nervoso, amplificando todas as sensações ao extremo. Um simples corte no dedo poderia levar uma pessoa tratada com ela a um surto de dor insuportável. Tivemos de ter alguns cuidados especiais com você. Afinal de contas, a partir de agora você é nossa maior fonte de renda.

O procedimento cirúrgico já devia estar no fim, o sofrimento logo acabaria.

– Assim que acabarmos aqui, vamos levá-lo para tomar um banho radioativo naqueles equipamentos novos na outra sala, você vai se sentir novinho para amanhã. Pronto, acho que acabei.

Satisfeito, Dr. Fernando retirou um sangrento pedaço de carne de dentro do abdômen de Maurício, e o levantou até a altura do rosto.

– Um fígado saudável destes deve valer uma boa soma no mercado de órgãos, hein?

# Tocaia

Douglas caçava desde criança. Seu falecido pai desde cedo havia lhe incutido na mente e no espírito que a vida de caçador era a única aceitável para um homem, era assim que todos deviam ser. No entanto, os homens negavam-se o prazer e a necessidade, escondendo-se atrás de mesas, computadores ou profissões burocráticas. E de todos os caçadores seria ele, Douglas Filho, a conquistar o maior troféu de todos. Desejava colocar mais uma cabeça empalhada na parede, no lugar de honra da coleção. Todos achavam isso de muito bom gosto antes dessa horrível onda de postura ecológica.

Já há sete anos um grande animal era avistado em diversos pontos daquela região. Quem não havia ouvido falar do chupa-cabras? Depois das primeiras falsas descrições de um animal semelhante a um lobo, novos avistamentos finalmente expunham o que deveria ser a verdadeira aparência do animal. Mais de uma pessoa idônea havia relatado o avistamento e descrito o bicho da mesma maneira. O animal era do tamanho de um gorila e tinha a disposição de membros e o caminhar semelhante ao desse primata. Mas, ao contrário da cor escura, apresentava um tom marrom amarelado e uma galhada semelhante à de um alce, talvez um pouco reduzida na sua amplitude. O rosto ainda não tinha sido bem descrito, mas era certo que apresentava duas presas que não lhe cabiam na boca, de forma a conferir à criatura um aspecto ameaçador e selvagem. Dezenas de caçadores haviam tentado capturá-lo; muitos não retornaram. Esse, é claro, não seria o caso de Douglas. Há meses, Douglas buscava aquele troféu para a sua parede. Sabia que estava na contramão da história, sempre tendo de lidar com aquele bando de ambientalistas que eram contra o nobre esporte. Nesses casos, sua merecida fama lhe trazia inconvenientes. Por diversas vezes, precisou sair de casa tendo de driblar manifestantes, nus e ensanguentados, em protestos ridículos, espalhados pelas calçadas de sua mansão. Mais um motivo para estar sempre no campo. No campo era conhecido como Douglas "cachorro louco". Alguém certa vez chamou -o de o louco Doug, devido ao olhar alucinado que ele ostentava. Em outro momento, alguém com mania de americanizar tudo evoluiu para um *crazy dog*, que foi traduzido, então, como Cachorro Louco. Douglas Cachorro Louco. No mato, o Cachorro Louco mostrava os dentes e colocava para fora toda a ferocidade que fazia das pessoas gente de verdade, gente que valia a pena ser conhecida. Apesar desse lado selvagem, Douglas não abria mão da tecnologia que ele dizia ser o avanço humano no jogo da caça, na lei do mais forte.

O FILHO DO AÇOUGUEIRO

Douglas seguia a trilha do chupa-cabras há meses, a maior campanha que já empreendera. No início, o assunto era o número um da mídia, mas, com o passar do tempo, passou a receber, de vez em quando, no máximo, uma pequena nota em algum jornaleco sensacionalista. A maioria dos caçadores já tinha desistido de encontrar o bicho. Cachorro Louco já o havia avistado uma vez e ele fugira, a primeira caça que ele havia perdido em toda a sua carreira. Inadmissível! Se a imprensa e os caçadores de segunda classe queriam transformar o chupa-cabras em mais um pé grande, lobisomem ou outro mito qualquer, até poderiam fazê-lo, mas ele não participaria disso. O Cachorro Louco nunca desistia de sua presa. Ele havia de vencer onde todos falhavam, havia de provar que o bicho existia, e então entraria definitivamente para a história.

Cinco dias, Douglas já estava há cinco dias em seu esconderijo subterrâneo, aguardando o avistamento. Com seu metro e meio de profundidade, a cova de dois por três metros em uma pequena clareira quase no encontro do matagal com a fazenda configurava-se no esconderijo perfeito. A toca, toda revestida por material isolante e recheada de equipamentos de caça de última geração, era o lugar ideal para Douglas, quase como um paraíso. O pequeno espaço aberto para o exterior escondia um par de olhos cobiçosos. Nem mesmo as longas horas de espera paciente estragavam seu prazer; cada minuto esperado parecia prolongar o sabor da futura conquista. Em seus delírios de grandeza tinha a certeza de ter sido moldado na forja dos heróis para fazer exatamente aquilo que fazia.

Pela sequência de avistamentos, traçou uma trilha detalhada e concluiu que ali perto deveria se dar o próximo ataque do animal, uma fazenda de ovelhas perto de um extenso matagal margeado por um curso d'água. Ali, ou bem perto, o chupa-cabras haveria de aparecer.

Foi na sétima noite que percebeu algo diferente. O súbito silenciar dos insetos, dos pássaros noturnos e até do vento na noite sem lua conferiu uma pausa fantasmagórica na madrugada. De repente, o barulho ritmado de passos decididos ecoou próximo ao esconderijo. Munido do binóculo de visão noturna, Douglas começou a vasculhar cada centímetro do entorno de seu buraco. Felizmente, a espera e a persistência foram recompensadas. A pouco mais de dez metros de seu esconderijo, o chupa-cabras, a caça, parecia procurar alguma coisa.

Com um excitamento antigo, Douglas tateou às cegas o rifle de precisão e posicionou-se da melhor forma possível, como já havia treinado dezenas de vezes. O dedo suado pressionou levemente o gatilho, e o estampido surdo fez o animal estremecer ligeiramente. Um líquido verde passou a escorrer do pescoço da criatura. Um segundo tiro entre as costelas, na altura do coração, encerraria a questão. O bicho pareceu respirar de forma ofegante, mas não caiu, para sua surpresa. Três, quatro, cinco tiros depois, o animal ainda estava de pé. Enquanto Douglas tentava entender o que se passava,

## O FILHO DO AÇOUGUEIRO

a cobertura de seu esconderijo subiu gradualmente, e algo se esgueirou pela abertura. Depois do oitavo tiro, Douglas sentiu uma leve picada nas costas, junto à coluna. Enquanto perdia as forças, viu, no que julgou ser um delírio, a cabeça do animal abrindo-se na altura do pescoço para permitir a saída de um homenzinho de meio metro, pele azul e aparência alienígena que vinha em sua direção.

Douglas, a tudo olhava sem ver. Em sua luxuosa sala de estar, o anfitrião expunha na parede o novo troféu em uma festa para amigos e profissionais do ramo. Após anos de campanha, gabava-se, conseguira encontrar e emboscar o melhor caçador do planeta Terra, utilizando-se de uma moderna armadura biomecânica em forma de animal. Tanto a armadura quanto outros itens da campanha vitoriosa estavam expostos em outra seção da sinistra galeria, dizia o homenzinho. Certamente, não era esta a coleção que o maior caçador da Terra queria completar. Douglas Cachorro Louco, embalsamado da cintura para cima, no lugar de honra da coleção de caça, a tudo olhava sem ver.

# Debutantes

Esses desfiles sempre me causaram enjoo.
Debutantes!
Qual é o objetivo disso tudo?
Parecem carne em exposição em um açougue!
Os clientes analisam a cor, o tamanho, a saúde,
apalpam daqui, provam dali e apresentam suas
credenciais.
Quem vai pegar o melhor pedaço?
Quem vai pagar o melhor preço?
Cansei disso tudo!
Eu não tenho credenciais e minha namorada
está aí, em exposição, para ver quem dá mais.
Estava.
Já faz alguns minutos que a última menina caiu.
O que não faz um pouquinho de arsênico nos
batons mais desejados do momento.

# Xavier e o lobisomem

Confiar sempre talvez fosse uma virtude de Xavier, mas confiar nas pessoas erradas era, com certeza, um defeito que já havia lhe trazido sérios problemas. Há mais de uma semana ele virava as noites entre a lucidez e a loucura, escondido em uma caverna, procurando não sucumbir à maldição que tanto combatia. Uma chance de desistir daquela condição medonha era o que ele dava aos amaldiçoados, e não fora aquela a única vez que um desses o surpreendia em traição. De Joaquim dos Reis, porém, também seu companheiro e amigo, até então, fiel em sua outra causa, Xavier não esperava traição. Graças a ele, no entanto, é que se encontrava agora nessa angustiante situação.

Apesar da conhecida ambição, Reis era um tipo amigável, franco e parceiro para todas as horas. Acostumado que estava a observar e a lidar com a mudança de atitude que acontecia aos amaldiçoados, Xavier percebeu que Reis, de repente, passou a ser um sujeito esquivo, dado a sumiços misteriosos e a atitudes agressivas nos assuntos mais triviais. Passou a segui-lo discretamente e, na primeira sexta-feira, confirmou a suspeita. Joaquim José dos Reis era um lobisomem do tipo um, ou seja, um homem que escolhe a maldição como meio de vida, como forma de exercer poder e força e, acima de tudo, como forma de dar vazão aos instintos mais profundos e cruéis. Forma estranha de encontrar prazer. Pelo que Xavier pôde perceber, Reis, toda sexta-feira, abandonava a forma humana e se embrenhava na mata, buscando alcançar as propriedades rurais mais afastadas. Seu objetivo era instaurar o terror entre os fazendeiros e vingar-se dos que têm e são o que ele sempre almejou ter e ser.

Em virtude da amizade que os unia, Xavier resolveu confrontar o amigo e dar-lhe a chance de reescrever sua história. Apesar de saber que foi decisão de Reis executar o ritual que o transformara em lobo, ou seja, espojar-se por três sextas-feiras seguidas onde algum cão havia feito o mesmo anteriormente, Xavier insistia na mania de acreditar na boa fé das pessoas até as últimas consequências. Por isso é que se encontrava naquela caverna, quase morrendo, ou cedendo a algo pior.

Marcara com Reis um encontro na sexta-feira, pouco antes de a lua nascer. Caso o outro se arrependesse, poderiam resolver a situação assim que a transformação começasse e os instintos da besta ainda estivessem parcialmente sob controle. Carregava na bolsa sua corrente e seu punhal de prata. No pescoço, o colar de dentes arrancados dos lobisomens que já enfrentara e matara.

E, no coração, a sua boa fé de companheiro de lutas, solidário com a desgraça do amigo. Havia planejado, em comum acordo com Reis, caso este desejasse realmente reverter sua condição, imobilizá-lo com a corrente e ferir-lhe com o punhal no quinto artelho do pé, isto é, no dedo mínimo, único lugar onde o lobo temia ser atingido. Dessa maneira, Reis voltaria em definitivo à forma humana e poderia retomar sua vida e camaradagem rotineiras.

Em seus delírios, agora que convalescia na caverna, Xavier revia a cena e se perguntava como pudera ser ingênuo daquela maneira. Reis havia se mostrado arrependido, havia até chorado um pouco, o processo parecia estar correndo bem. Poucos minutos antes do momento previsto para a transformação, no entanto, quando Xavier preparava-se para usar a corrente, em um segundo de distração, deu as costas para Reis, e só percebeu no que havia se metido quando sentiu a pancada na têmpora direita.

Caído no chão e atordoado, virou-se a tempo de assistir a Reis, com um sorriso de deboche nos lábios, deixar a forma de homem para assumir a forma de lobo. Ele realmente parecia estar sentindo prazer naquilo tudo, ter seu amigo ali deitado à sua mercê parecia dar-lhe arrepios de satisfação. Xavier suspeitava de que Reis não pretendia matá-lo. Provavelmente, queria apenas, se é que se pode dizer "apenas" para uma coisa dessas, transformá-lo em um lobisomem do tipo dois, ou seja, passar-lhe de maneira compulsória a maldição com uma mordida não fatal, submetendo-o, dessa forma, à influência da lua cheia para todo o sempre.

Reunindo toda a força adquirida durante os anos de combates a essas bestas, Xavier conseguiu levantar-se, ainda que tropeçando nas próprias pernas. Enquanto a transformação não se completava, acreditava ainda poder ajudar o amigo com o uso do punhal Mas estava tão tonto que não conseguiu desfazer o nó da bolsa e decidiu carregá-la fechada mesmo, com a esperança de escapar de Reis e de não perder seu precioso equipamento de trabalho.

Mal percorreu cem metros, Xavier ouviu o uivo do lobo já completamente transformado. Apesar de serem chamados de lobisomens, os amaldiçoados assumiam a forma completa de lobo, e nada da forma humana permanecia. Entretanto, apesar de nada ter da aparência humana, tinham uma maldade que não é encontrada nos animais, e quase o dobro do tamanho de um lobo normal.

Xavier tinha dois caminhos a seguir: para a direita, onde teria de percorrer alguns quilômetros até encontrar a civilização, ou em frente, ao encontro da margem de um largo rio com uma forte correnteza. Se pegasse um impulso considerável e subisse a pequena elevação que abrangia parte da margem, talvez, com um bom pulo, conseguisse chegar ao outro lado ou, pelo menos, bem próximo. Caso fracassasse, as perspectivas de sobrevivência eram praticamente nulas, mas tinha esperança de que o lobo não o perseguiria até a outra margem.

Ainda zonzo e capengando o mais rápido que conseguia, escolheu seguir em frente. Já sentia o baque surdo das passadas do enorme lobo em seu encalço. A dois metros da margem elevada, um bafo pútrido inundou suas narinas. Procurou esquecer a tontura, correu e arremessou-se o mais forte que pôde. No último instante antes do salto, sentiu algo pontudo rasgando-lhe o calcanhar. Ainda assim, conseguiu imprimir grande força ao salto, descreveu uma ampla parábola e começou a trajetória descendente.

Xavier caiu exatamente no meio do rio e, em segundos, a correnteza o havia carregado. Talvez tenha sido o erro mais acertado de sua vida, pois o lobo chegou com facilidade até a outra margem e pareceu contrariado por não encontrar sua vítima.

Há centenas de metros dali e alguns minutos depois, que pareceram uma eternidade, Xavier sentiu novamente o ar entrar em seus pulmões. A agonia da busca pela permanência neste mundo já havia sido substituída pela aceitação da morte.

Felizmente para ele e para o povo da região, o caçador de lobisomens sobrevivera.

Não soube quanto tempo ficou estirado na margem do rio nem como conseguiu arrastar-se até aquela caverna. Quando retomou a consciência, ardia em febre, e o ferimento no calcanhar fazia-o contorcer-se de dor. Segundo o que ele sabia, era assim que acontecia com os que eram amaldiçoados. No entanto, os sintomas também eram bem parecidos com os de alguém que apenas tivesse um ferimento infeccionado. Talvez, caso tivessem sido as garras do lobo em vez dos dentes a infringir-lhe aquela ferida, pudesse tratar-se somente disso mesmo, um doloroso, mas simples, ferimento infeccionado.

Ainda não completamente lúcido, Xavier tratou da ferida o melhor que pôde e tomou outras providências para que as consequências do ataque sofrido fossem minimizadas. Ter sido criado pelo tio, cirurgião-dentista que o introduziu nas artes da cura, salvou sua vida, ou pelo menos a prolongou para que pudesse acabar de vez com a ameaça dos lobisomens naquela região., Devido à profissão que herdou e que acabou adotando como missão e dever familiar, recebeu do tio, já falecido, a alcunha de Tiradentes. Mas o apelido não lhe foi dado somente por ser dentista, como comumente se pensa, mas também por ser caçador destas feras sobrenaturais.

Após alguns dias na caverna, Xavier conseguiu abandoná-la, louco que estava por uma noite de sono em uma cama de verdade. Em sua casa, ainda um tanto desfigurado, com o cabelo e a barba mais compridos que o habitual, recebeu a visita de um amigo, que ficou tão impressionado com a fisionomia sofrida de Tiradentes que, enquanto ouvia a história do incidente com o antigo e conhecido amigo comum, desenhou três ou quatro esboços de sua figura. Mal sabia ele que, anos depois, seus esboços emprestariam a imagem de Xavier para outros artistas.

Temendo pela vida de Tiradentes, o amigo levou-o para o Rio de Janeiro e escondeu-o em sua casa. Em seus dias de repouso, Tiradentes descobriu duas importantes verdades. Primeiro, que havia, de fato, sido mordido e não apenas arranhado pelo lobisomem. Isso podia lhe causar problemas, mas também trazer alguns benefícios, apesar do risco que a situação lhe havia imposto. Segundo, que ainda estava disposto a dar uma chance para Reis.

Assim que se recuperou, Xavier enviou um recado a Reis, informando onde se encontrava. Dessa vez, o horário sugerido para o encontro era bem distante de qualquer possibilidade de o lobisomem mostrar suas garras.

Reis nem foi ao encontro, denunciou Tiradentes como inconfidente e traiu o amigo duplamente, mas omitiu de todos sua real condição. É nesse ponto, no entanto, que a história fica ainda mais interessante. Tiradentes, ainda que doente e delirante naqueles dias na caverna, sabia muito bem o que fazer para colocar um fim à ameaça de Reis. Enquanto convalescia, executou seu arriscado e bem sucedido plano. Não era tarefa simples livrar-se da maldição depois de mordido, mas não era à toa que a tradição familiar de Xavier se perpetuava. Ainda na caverna, de posse de todo o material necessário para reverter o processo, Tiradentes pôs-se a trabalhar freneticamente. Se tivesse êxito, resolveria dois problemas com um só golpe, ainda que isso custasse sua vida. Quando acabasse, o que devia fazer estaria pronto para qualquer que fosse a decisão de Reis.

Tiradentes foi considerado o maior responsável pela Inconfidência Mineira tendo reivindicado para si toda a culpa.

Foi o único condenado à morte.

Após ter sido preso na casa do amigo e recolhido a uma prisão no Rio de Janeiro, onde permaneceu por três anos, Xavier foi trazido de volta a Minas Gerais, enforcado e esquartejado. Pedaços de seu corpo foram arrastados pelas ruas das cidades dos revoltosos.

O que poucos sabem é que o próprio Tiradentes tomou as providências para que isso acontecesse. Ele tratou de que convencessem o Império de que aquele espetáculo atroz seria um bom exemplo para quem tivesse ideias de insurreição, quando, na verdade, o esquartejamento e o desfile do corpo revoltaram ainda mais a população e o alçaram ao papel de mártir.

No entanto, o que realmente pesou em sua decisão de fazer os acontecimentos transcorrerem daquela maneira foi o conhecimento de que o sangue dos que provaram mas não sucumbiram ao licantropismo constitui-se no maior e mais poderoso veneno para os lobisomens.

O sangue de Xavier, espalhado pelas ruas de Minas Gerais e carregado pelos sete ventos por toda a região, afastou de vez qualquer ameaça que essa fera sobrenatural pudesse representar.

O sangue e o corpo de Tiradentes salvaram gerações de brasileiros.

# O esgrimista

Tenho uma cicatriz no rosto. Fica do lado direito. Vai do lóbulo da orelha direita até a ponta do queixo, passando pela parte carnuda da bochecha. Não é nada bonita.

Convivo com essa marca desde a adolescência.

Acho que essa cicatriz influenciou a carreira que decidi seguir.

Escolhi uma profissão em que as pessoas precisam impor respeito, causar impressão, medo.

Delegado.

Delegado Cica como os malandros acabaram abreviando.

Foi um *boyzinho*, filhinho de papai, que me deu esse presente quando eu era jovem, um menino. Eu era meio *nerd* e ele achou que eu estava olhando para a namorada dele. Então, quebrou uma garrafa e me rasgou. Nós dois éramos menores. Eu pobre. Ele rico. É claro que não deu em nada para ele. Eu precisei começar a me preocupar em ter uma personalidade marcante, enquanto o riquinho voltava para o mundinho encantado dele.

Na adolescência, é difícil superar um trauma desses. Principalmente quando nenhuma menina consegue te olhar na cara, te beijar e quando tu não consegues fazer tudo o que meninos e meninas jovens fazem na adolescência. Acabei casando com quem conseguiu ver além da cicatriz. Sorte minha. Doze anos juntos. Iolanda é uma mulher forte.

Nunca mais havia visto Gerson, o filinho de papai metido a esgrimista de garrafas.

Até hoje. Sentado na minha frente, em uma velha cadeira de delegacia, Gerson chorava copiosamente. De esgrimista de garrafas passou a esvaziador de garrafas, acusado de assassinar a esposa.

Quando me reconheceu, ou melhor, reconheceu a cicatriz, caiu ajoelhado pedindo perdão e ajuda. Veio com uma história de que tinha coração fraco e de que era inocente, de que não aguentaria uma noite no presídio etc.

Será que ele não sabe o que fez comigo?

O que roubou de mim?

O quanto eu sofri?

Parecia que não. Ou, então, sua consciência estava tão afogada no monte de bebida que vinha consumindo, que ele não conseguia entender a situação.

Durante anos esperei, sonhei com uma situação daquelas. Gerson implorando perdão e ajuda. Em minhas mãos, todo o poder para destruir a vida daquele canalha.

Entretanto, me vi sem saber o que fazer.

Ele não tinha sido pego em flagrante, não devia ser recolhido ao presídio. Mas também não seria o primeiro a ir passar uma agradável noite naquele inferno sem ter o "direito" legal para isso.

Puxei a ficha dele.

Nada.

O cara estava limpo.

O canalha estava limpo.

Eu precisava pensar.

Pedi que o levassem para uma cela vazia no fundo da delegacia. Ao escrivão, pedi que deixasse o registro em aberto. Os policiais que o trouxeram já tinham ido atender uma nova chamada, voltariam mais tarde para dar detalhes do ocorrido.

Só me restava interrogar o sujeito.

Sempre achei chato fazer isso.

Desta vez estava ansioso. Quase feliz.

Gerson na minha frente.

Eu com poder de vida e de morte sobre ele.

Se eu esquecesse algumas formalidades e contatasse os amigos certos, poderia colocá-lo ainda essa noite em uma das piores celas do presídio.

Talvez ele sobrevivesse. Talvez não.

Alguns traumas ou sequelas seriam inevitáveis.

Será que ele é realmente culpado do crime contra a esposa?

Três ou quatro cicatrizes, talvez alguma doença das boas.

Humilhação. Medo. Desespero.

Tudo do bom e do melhor para o esgrimista.

Será que ele tem filhos?

O poder às vezes assusta. Às vezes alegra, recompensa.

Não tenho um sorriso bonito. Desta vez, não me importei com isso. Não me lembro de ter dado um sorriso mais aberto nos últimos anos.

O interrogatório não durou muito. Foi deprimente.

Eu me lembrava de um Gerson altivo, orgulhoso, cheio de personalidade, um astro de TV em embrião.

A que ponto as pessoas chegam.

Não me lembro de ter me sentido mais triste nos últimos anos.

A vida já havia tirado dele o suficiente.

Com algum esforço, descobrimos uma testemunha que viu Gerson, ainda que bêbado e agressivo, tentando defender a esposa dos marginais que a esfaquearam. Depois que a esposa tombou e os marginais fugiram com a bolsa, o idiota pegou a faca na mão, chafurdou um pouco no sangue da falecida e foi para casa curar a bebedeira. Dias depois, apareceu com cara de culpado para reconhecer o corpo.

Gerson foi liberado lá pela meia-noite.

Culpa de Iolanda.

# Minha alma nas mãos de Manoela

Escrevo o texto que se segue como um desabafo. Não é uma confissão ou um pedido de desculpas, não tenho a pretensão de ser perdoado. Sei que minha conduta está além de qualquer esperança nesse sentido. Entretanto, o volume do pecado que me oprime a garganta e o peito me obriga a alguma atitude que, se não atenua a minha culpa, me dá condições de compartilhá-la e, assim, desinflar o balão de remorso que me asfixia. Falei em remorso, mas, na verdade, não sei se é bem essa a palavra. Remorso prevê arrependimento e inclui algum pesar pelo ato pecaminoso cometido. Não é o meu caso. Faria tudo de novo, talvez até melhor. Ainda assim, não posso deixar de sentir certo desânimo com a vida e com o destino que me levou a tomar esse tipo de atitude. Eu, que era um sujeito relativamente religioso, hoje desacreditei também da religião, ou gostaria de. O fato é que gostaria de não crer mais em céu e em inferno, mas o conhecimento e a certeza de que existem sempre me acompanhou, e não há mais como serem separados de mim. Não posso descrer da religião, não tenho essa saída. Sendo assim, me rebelo contra o que acreditava me proteger e que, agora, me jogou vivo em uma cova e me fez agir malignamente contra a pessoa que eu mais amava no mundo. Amo.

Em virtude de, enquanto vivo, ter sido uma pessoa relativamente conhecida e de certo destaque social e de não desejar macular a memória do nome que construí com o passar dos anos e, mais do que isso, macular a imagem da família que tanto já prejudiquei, mesmo que secretamente, irei omitir datas e lugares precisos. Ainda que para alguém informado e esclarecido seja mais ou menos possível concluir com certa exatidão a identidade deste que vos escreve, meu desejo é que reste sempre a dúvida e a reticência a respeito de quando, com quem e onde se passou o funesto episódio. No que diz respeito a "como", me expressarei com a maior exatidão possível.

Começo fazendo breve referência à minha infância e adolescência, que considero terem sido felizes. Nascido numa boa família, tive contato, desde muito jovem, com o que de mais expressivo existia no campo da música, tanto erudita quanto popular, e das artes. Não somente artes plásticas, como também literatura, cinema e outras linguagens. Além disso, bebi da fonte dos grandes pensadores da humanidade, nos campos filosófico e religioso. Isso para mim era fonte de grande prazer e deleite, e faço referência aqui a fim de deixar claro que a ignorância não poderá ser alegada para me eximir de qualquer culpa por atos aqui relatados.

Talvez o leitor sensível tenda à empatia ao perceber o dilema que tive de enfrentar e a decisão que tive de tomar. De antemão, peço que se atenha à pura verdade dos fatos (coisa da qual eu talvez não seja totalmente capaz durante o relato) e que não se sensibilize com meu pesar. Usurpar as atribuições do criador, como eu fiz, não deveria, e não deve agora, merecer a mínima compreensão ou condescendência.

Enfim, infância e adolescência culturalmente ricas, apesar de materialmente modestas ou moderadas. Moderada também sempre foi minha personalidade. Não tenho grande conhecimento das ciências da mente ou do comportamento. No entanto, acredito que uma sensibilidade emocional aguçada tenha contribuído para uma timidez acentuada durante grande parte da minha vida jovem. Assim, não fui socialmente bem sucedido nessa idade delicada, o que me causou, por algum tempo, já na idade adulta, certa angústia e sentimento indefinido a respeito das relações sociais.

Na feliz idade de dezoito anos, passei no concorrido vestibular de uma universidade federal para o curso considerado de maior dificuldade, o curso de medicina. Admito que isso, como se diz popularmente, "virou minha cabeça" por alguns meses. Logo, porém, a formação familiar, emocional e intelectual que me tinha sido generosamente ofertada nos anos anteriores reassumiu o controle do meu ser e agir, escanteando meu ego inflado e fazendo-me ser a pessoa moderada que sempre fui.

Um destaque cada vez maior em meus estudos e trabalhos na faculdade de medicina acabou me granjeando um sucesso também social. Rapidamente, assumi um papel desconhecido por mim até agora, o de destaque em qualquer grupo ou instituição da qual participasse. O passar dos anos e meu inusitado papel de destaque não diminuíram meu empenho no aprendizado das disciplinas médicas e dos estudos relacionados ao entendimento do corpo humano e das enfermidades que o afligem.

Sendo assim, formei-me com louvor, o que representou o início de uma brilhante carreira médica. No último ano de minha fase estudantil, conheci aquela que foi minha única esposa durante toda a vida, a qual chamarei de Luísa. Esse não é seu nome verdadeiro.

Casamos logo em seguida à minha formatura, e agora peço licença para não descrever em pormenores os dez anos que se seguiram. Foram dez anos de consolidação da carreira de sucesso concebida durante os anos de faculdade. Passo, portanto, para o que considero a época mais feliz de minha vida.

Um pouco após completar trinta e cinco anos de idade, minha esposa Luísa deu à luz nossa primeira e única filha, Manoela. Em minha visão parcial, a mais linda criança na qual eu já havia repousado os olhos. Quando colocava os olhos sobre ela, eu me sentia realizado, feliz, sabedor de ter cumprido parte de minha missão neste inóspito planeta.

Manoela tinha cabelos e olhos negros como o breu. Seu desenvolvimento físico foi revelando uma beleza clássica, um perfil grego. Assim como havia recebido de meus pais, procurei proporcionar à Manoela as mesmas oportunidades culturais e intelectuais da minha infância, e ela demonstrou uma particular aptidão para a música, em especial para o piano. Minha esposa trouxe da casa dos pais o piano com o qual aprendera as primeiras notas. Apesar de não ter um conhecimento muito avançado de música ou um talento fora do comum, Luísa era bem competente quando se dedicava a uma nova peça. Manoela, porém, era excepcional; tinha muita facilidade em aprender todos os exercícios e as rotinas de uma aprendiz de música. Aos doze anos de idade, ela já despontava como um novo talento no piano. Além das peças clássicas, Manoela tinha extraordinária capacidade de improvisação, o que a tornava uma atração em qualquer lugar onde houvesse um piano disponível. Aos quinze, já havia se apresentado profissionalmente uma dúzia de vezes. Teriam sido mais, caso Luísa e eu não estivéssemos tão empenhados em não transformar nossa pequena joia em uma dessas estrelas mirins que perdem a infância e a inocência, e que, aos escassos quinze anos de idade, parecem ter poucas coisas ainda a conquistar ou a experimentar.

Neste ponto, talvez seja apropriado eu mencionar duas informações a meu respeito. Desde o nascimento de Manoela, fui totalmente devotado à sua criação e desenvolvimento, de forma que nossa ligação sempre foi muito estreita e afetiva. O talento musical de Manoela me causava profunda emoção. Como citei antes, a menina era de uma beleza incomum, além de ter uma

CHRISTIAN DAVID

personalidade cativante, algo que foi se intensificando com os anos. No entanto, de todos os aspectos do ser de Manoela, o que mais se destacava era a graciosidade das mãos, especialmente quando tocava piano. Eu não saberia descrever de que forma isso se apresentava ou se fazia notar. Entretanto, eu repetia constantemente nos círculos familiares que, ao assistir às execuções musicais de Manoela, sentia tal enlevo espiritual que pensava, por vezes, que minha alma residia temporariamente naquelas mãos abençoadas.

Como segunda informação, julgo ser oportuno esclarecer algo sobre o que até agora fui um tanto vago. Não mencionei antes em qual especialidade médica atrelei minha vida e carreira profissional. Como em todos os campos de estudos científicos, cada vez sabe-se mais sobre menos, ou seja, as especializações são cada vez mais específicas. Sendo assim, eu ingressei nas especialidades cirúrgicas e acabei escolhendo a dedicação a um objeto de estudo pelo qual sempre tive franca predileção, as mãos. Alcancei certo destaque no que diz respeito a inovações em técnicas e estudos relativos ao assunto, fato que me transformou quase em uma celebridade médica. Fui requisitado por diversas instituições para ministrar palestras, seminários, cursos e quaisquer outros eventos que envolvessem a cirurgia das mãos, tanto em nosso país quanto no exterior.

Talvez essa especialidade cause estranheza para alguns, mas posso assegurar que o assunto é fascinante e digno das atenções, não somente da minha pessoa,

170

O FILHO DO AÇOUGUEIRO

como também da de centenas de outros profissionais ao redor do planeta. Apesar de estar tentado a citar mais detalhes dessa especialidade, me conterei. O objetivo deste relato não é externar minha capacidade médica ou intelectual, que não me serve de nada a esta altura da vida, ou da morte, e sim partilhar com o leitor a minha ansiedade e angústia pela sã loucura que cometi.

Possuidor de tais informações, acredito que o leitor deste relato seja capaz de captar de que forma o talento de Manoela e minha especialidade acabaram influenciando-se mutuamente, influência essa de que eu não tinha conhecimento até que ponto se estendia.

Fato importante de ser mencionado também é que, em determinado período da vida de nossa família, acabei me voltando mais para as atribuições profissionais, viagens, coquetéis e louvores dos homens do que para as coisas as quais eu sabia serem de maior valor. Esse período coincidiu com o despertar de Manoela para o mundo profissional e amoroso. A escolha da profissão futura e a formação dos rumos, por vezes irreversíveis, da vida, aconteceu entre os quatorze e os dezesseis anos de idade. Esse foi o primeiro passo para a situação catastrófica que se desenvolveu poucos meses depois.

Em determinado momento, percebi que deveria diminuir bastante meu ritmo profissional, mesmo que nesse ramo de minha vida ainda houvesse um bom espaço para crescimento. Na esfera familiar, sentia meu espaço diminuir e minha mulher e filha afastarem-se. Decidi me voltar à família, mesmo em detrimento de meu crescimento profissional. Mesmo sentindo que estivesse reestabelecendo o rumo que realmente me fazia feliz, pude perceber a realidade daquela máxima que cita três coisas que não podem ser recuperadas: a flecha lançada, a palavra proferida e, no meu caso, o tempo perdido.

Em um dos meus compromissos profissionais, daqueles que não fui capaz de recusar, precisei participar, em uma cidade próxima, da inauguração de uma ala hospitalar que dava especial atenção à cirurgia de mãos. Ansiava sobremaneira por essa viagem devido a desentendimentos familiares causados por algumas escolhas de Manoela, que eu considerava equivocadas, no campo profissional. Aparentemente, Manoela não tinha mais aquela antiga conexão comigo, que a criara e participara tão ativamente dos primeiros anos de sua vida. Os dois anos de ausência na sua adolescência cobravam seu preço.

Ao completar dezoito anos, Manoela decidira dar um rumo mais popular para o seu talento musical e passou a acompanhar músicos baratos em suas apresentações noturnas em bares e pequenos estabelecimentos. Não quero que me entendam mal, nada tenho contra a música popular ou apresentações em bares. Eu próprio tinha diversos amigos músicos e um irmão que concorriam nesse nicho musical, e eu os considerava músicos de talento e pessoas de ótimo caráter. Quando digo que Manoela envolveu-se com músicos baratos é simplesmente pelo fato de que realmente esses jovens em particular tinham um talento tão inferior ao de Manoela e uma visão de mundo tão deturpada que só posso classificá-los com esse adjetivo. Posteriormente, por meio de uma pesquisa a que passei a me dedicar, descobri que havia um sujeito mal-intencionado envolvido no assunto. Esse sujeito era o mais velho do grupo, já passara dos trinta anos. Rapidamente, por meio de contatos que mantinha no meio policial, consegui a ficha do tal sujeito. Ele já havia se envolvido em pequenos delitos e estava atualmente sendo processado por aliciamento de menores. Naquela mesma semana, recebi a notícia de que o sujeito, há alguns meses, havia explorado de todas as formas possíveis a filha de um conhecido do meu contato na polícia e, após tê-la feito acabar-se nas drogas e na depressão, desapareceu sem deixar vestígios por um tempo. Meu contato havia ido mais fundo na pesquisa e descobriu que o canalha agira dessa maneira mais duas ou três vezes anteriormente. Ele deixara uma trilha de vidas destruídas e jovens perdidas em seus mundos de autopiedade, sendo que uma delas acabou recorrendo ao suicídio e outra foi encontrada pela família vivendo como indigente. O sujeito conseguia tirar até o último resquício de dignidade de suas parceiras, que, ao final do relacionamento, acabavam por sentir-se tão envergonhadas pelos caminhos que haviam trilhado que se entregavam ao desespero. Enfim, o homem era perverso e aproveitador. No entanto, infelizmente para as suas vítimas, era bem apessoado, tinha um sorriso cativante, sabia expressar-se de maneira calorosa e, além de tudo, cantava com relativa competência.

No meu entender, uma moça como Manoela, que além de graciosa em todos os aspectos era ainda uma exímia pianista, cheirava como uma mina de ouro para o tal sujeito. Tentei expor essa realidade para Manoela e não consegui acabar nem uma única frase. Nossa conversa acabou em gritos e portas batidas. Cogitei ficar em casa naquela noite mas, em meio à discussão, Manoela garantiu-me que ficaria em seu quarto e que planejava recolher-se cedo.

Após esse desentendimento, prossegui para o meu compromisso profissional desejando esquecer-me dos problemas por algumas horas. Depois da tal inauguração, os médicos foram convidados para um coquetel em uma das dependências do hospital. Por volta das vinte horas ouvimos ao longe o som de ambulâncias chegando. Todo o pessoal disponível foi convocado para atender, o que soubemos depois, serem vítimas de um grave acidente em uma das rodovias que margeavam a cidade. Vim a saber, mais tarde, que um carro na contramão provocou o acidente com uma carreta, que acabou acertando mais quatro ou cinco carros, totalizando vinte e sete pessoas envolvidas, entre mortos e feridos. O motorista causador do acidente não tinha danos aparentes e estava sob observação em um dos quartos do hospital, completamente bêbado.

Os feridos foram sendo distribuídos pela emergência e, posteriormente, eram para a UTI, em sua maioria, e em poucos casos para outros setores. Todos os médicos da instituição estavam sendo utilizados, e mesmo eu, visitante que era, acabei atendendo um ou dois feridos e ajudando nos procedimentos de emergência quando percebia que o efetivo do hospital não estava dando conta de atender a todos. O quadro da desgraça ficou completo pela ausência de diversos profissionais da saúde no hospital, vítimas de uma intoxicação alimentar. Em um caso específico, porém, fizeram questão de que fosse eu a prestar o atendimento. O referido hospital tinha uma ala particularmente dedicada à cirurgia de mãos. Modéstia à parte, como o mais renomado cirurgião do gênero no hospital, o caso da moça que teve uma das mãos parcialmente esmagada na colisão do carro em que viajava só podia ficar ao meu encargo.

Do momento em que a moça entrou na sala de cirurgia até o momento em que liguei para a minha esposa tudo pareceu passar em um segundo.

A moça era Manoela.

Ao contrário do que eu imaginava, ela não havia permanecido em casa. O canalha bêbado causador do desastre havia ido buscá-la para uma apresentação em uma das cidades vizinhas e provocara o acidente.

Senti tontura e uma súbita falta de ar quando percebi Manoela por trás dos hematomas que marcavam seu rosto perfeito. Sedada, com uma perna engessada e com curativos em vários pontos do corpo, Manoela foi introduzida na sala por uma nervosa assistente iniciante que, provavelmente, nunca havia tido tanto trabalho em um mesmo dia, talvez nem em toda a sua vida. Após ajudar-me nos procedimentos iniciais da cirurgia, a auxiliar retirou-se, a fim de assistir outros médicos mais ocupados do que eu.

Uma sala bem aparelhada, minha visita àquela instituição, o acidente, a falta de pessoal, Manoela. Elementos pouco prováveis de se combinarem da maneira como se combinaram, mas o fato é que eu estava ali, tendo de me envolver naquela situação.

Depois de passados os momentos de perplexidade e de fraqueza emocional, senti-me grato. Uma vez acontecido o acidente e minha filha tendo de submeter-se a tal procedimento cirúrgico, ninguém melhor do que eu mesmo para executá-lo. No entanto, esses foram os primeiros sentimentos, e talvez os mais despojados. Os que se seguiram situaram-se em uma linha tênue entre o egoísmo e o altruísmo, entre o mundano e o divino.

Apesar de eu amar ver Manoela dedicar-se ao piano, já vinha prevendo seu destino se continuasse a fazê-lo ao lado do tal sujeito. Abandono, degradação, suicídio. Pelo menos assim eu supunha. Talvez fosse melhor que a lesão na mão de Manoela fosse grave o suficiente para afastá-la, em definitivo do piano e do predador que a tinha subjugado emocionalmente.

Se não fosse grave, será que o tal sujeito abandonaria minha filha e me deixaria reconstruí-la? Ou, quem sabe, ao passar por esse trauma sem danos irreversíveis Manoela conseguiria esquecer e se afastar do tal sujeito?

O destino se dividia, oferecia alternativas, oferecia risco, aposta, tristeza ou felicidade. Era um fio que eu não conseguia vislumbrar com clareza.

Enquanto avaliava o fio do destino e suas possibilidades, avaliava também os tecidos e os nervos da mão de Manoela. Fios de carne que, dependendo da extensão dos danos sofridos, definiriam ou fariam pender para um lado ou outro, as apostas no destino de Manoela. Eu não estava disposto a apostar.

Então, executei a loucura.

Com alma trêmula e mão firme, usei o bisturi para lesar deliberadamente, mas de forma superficial, o nervo que controlava alguns dos movimentos da mão de minha filha. Com a lucidez da loucura apoiada na vasta experiência profissional, julguei que com a lesão seriam necessárias recuperação e fisioterapia dedicadas. Se acontecesse dessa maneira, Manoela viria a tocar piano novamente, mas nunca mais com a destreza e a habilidade com que o fazia até antes do acidente.

Naquele momento morri.

Minha alma habitava nas mãos de Manoela.

Entreguei a paciente aos cuidados de outros médicos que, aos poucos, apareciam para prestar algum auxílio. Deixei a sala e me dirigi ao telefone para relatar à Luísa o estado de saúde de Manoela.

Quanto mais se mostravam corretas as minhas previsões, pior eu me sentia. Se eu não fosse tão bom na profissão que escolhi, talvez não tivesse ousado tomar os fios do destino nas mãos e agir como Deus, usando o bisturi para cortar algo mais denso e delicado do que a carne.

Manoela ficou eternamente grata ao seu pai, que "salvou" sua mão direita. Conseguiu perceber, após horas de lágrimas e de reflexões, o verdadeiro caráter do sujeito. As conversas que tivemos nas sessões de fisioterapia, nas quais fiz questão de estar presente, contribuíram bastante para isso. E reatamos a velha camaradagem.

O canalha aos poucos se afastou, retirando-se de cena ao perceber que seus planos haviam se frustrado. As mortes decorrentes do acidente deveriam pesar em sua consciência, se ele tivesse uma.

Manoela voltou a tocar piano, mas nunca mais se apresentou profissionalmente. Ela saíra do rol das genialidades musicais. Após anos passados daquele momento que me pareceu um segundo, mas que perdura para sempre, tudo se acomodou como eu desejara. Nossa família permaneceu unida, Manoela dedicou-se a compor e a escrever sobre música para diversos jornais e revistas. E eu continuei minha carreira.

A imagem do sucesso.

# Luana e o balanço

*Nhec, nhec*, fazia o balanço na praça. E não era o vento que o embalava. Há três semanas, o pai de Luana, sem nenhum dia de ausência, embalava o balanço vazio. A vizinhança, que já considerava o homem estranho, havia pensado que, depois de casado, pai de família, e, além disso, pai daquela menina graciosa que era a Luana, ele perderia aquele ar de tonto e se enquadraria. Estavam redondamente enganados. O pai de Luana, cedo da manhã, sozinho ali na praça, embalando um balanço vazio era a prova de que continuava estranho como sempre.

Um vizinho resolveu solucionar aquela questão e, entre uma embalada e outra, arriscou uma conversa:

– Bom dia, vizinho!

O pai cumprimentou-o com um leve movimento de cabeça, o olhar triste.

– Não quero que se chateie com o que vou dizer, mas me pergunto se, por acaso, você já percebeu que a sua filha não está no balanço.

*Nhec, nhec.*

Com um ar desanimado, o pai respondeu:

– Se Luana estivesse no balanço, meus problemas estariam resolvidos. Por isso mesmo, eu não posso deixar de embalar esse balanço, meu amigo.

Diante do ar de incompreensão do vizinho, ele continuou:

– Olha, eu sei o que a vizinhança pensa a meu respeito, mas isso nunca foi algo com que me importei muito, sabia? Quando Luana nasceu, sei que vocês esperavam que eu mudasse, e eu mudei. Não do jeito que vocês esperavam, mas ninguém pode dizer que não fui, ou não sou, um pai dedicado.

*Nhec, nhec.*

– Luana sempre gostou do céu e de espaços abertos, as nossas vindas ao balanço da praça passaram a ser um ritual diário e esperado. Primeiro, Luana usava aquele balancinho ali, ó. Com aqueles apoios de madeira em volta para não cair. Ela pedia para ir devagar, tinha medo de balançar, de cair, de se machucar. Depois, acostumou-se e queria ir cada vez mais alto, *bem alto, papai,* ela gritava. Quando cresceu um pouquinho mais, já pedia para começar a usar *o balanço de criança grande,* como costumava dizer. No início, devagarzinho, de mansinho, experimentando a altura, o movimento, a confiança, o ar no rosto. Depois, mais rápido, mais forte, mais alto. Quase no céu.

*Nhec, nhec.*

# O FILHO DO AÇOUGUEIRO

– Mesmo, e principalmente, quando Luana ficou doente pela primeira vez, nós não deixamos de vir. E eu, como sempre fui um sonhador, sonhador como uma criança, a embalava e a incentivava. *Voa alto Luana, voa menina! Pega uma nuvem pro papai, agora outra, não solta a mão do balanço, hein! Cuidado aí, guria! Pega a nuvem com o pensamento que ela vem direitinho.* Fizemos isso diversas vezes.

*Nhec, nhec.*

– Até que, algumas semanas atrás, meu amigo, aqui estava eu embalando Luana em um dia que a doença a tinha deixado um pouco mais fraquinha. Ela pedia *mais alto, papai, mais alto!* Era um final de tarde e, apesar do céu ainda claro, já dava para ver uma lua crescente branca e clara sorrindo para nós lá no céu. Então, eu fiz a brincadeira de dizer para Luana, *mais alto não pode Luana, se for mais alto, você pode ficar pendurada bem na pontinha daquela lua e depois não tem como descer.* Ainda assim ela pedia, *mais alto, papai, mais alto!* A última vez que senti o peso de Luana no balanço foi quando do vi a pontinha da lua brilhar forte. Depois, só o peso da ausência, ausência da voz e do ar batendo no rosto. O brilho do sorriso dela, depois de iluminar a lua, ficou preso lá no céu junto com ela. Desde então, todo dia eu venho aqui de manhã cedo e no final da tarde para ver se Luana consegue agarrar o balanço de novo e voltar para mim. Por isso, peço que o amigo não estranhe eu vir todo dia embalar esse balanço vazio. Na verdade, se o amigo conhecesse Luana como eu conheço e fosse sonhador como eu sou, poderia me ajudar com a tarefa. Balanço é o que não falta nessa praça.

*Nhec, nhec.*

Horas depois, um outro vizinho chegou para tentar entender por que aqueles dois embalavam os balanços vazios.

*Nhec, nhec, nhec, nhec.*

# Contos publicados em antologias:

Última memória – Metamorfose: a fúria dos lobisomens, All Print, São Paulo, 2009.
Aproveite o dia – Estranho oeste – Sagas Vol.2, Argonautas Editora, Porto Alegre, 2011.
O filho do açougueiro – Caminhos Fantásticos, Jambô Editora, Porto Alegre, 2012.
Xavier e o lobisomem – Passado Imperfeito, Argonautas Editora, Porto Alegre, 2012.
Esporte Primitivo – Invasão, Giz Editorial, São Paulo, 2009.
A dona do sorriso – Moedas para o barqueiro, Andross, São Paulo, 2010.
Sobre homens e asas – Histórias Fantásticas, Cidadela Editorial/Estronho, São Paulo, 2010.
Dívida – O mal bate à sua porta – www.christiandavidescritor.com.
Libertação – Terrorzine (on-line).
Rinaldo – Draculea: o livro secreto dos vampiros – Vol. 1, All Print, São Paulo, 2009.
Despejo – Terrorzine (on line).
Tenho mais o que fazer – Terrorzine (on line).
O procedimento Z – Autores Fantásticos, Argonautas Editora, Porto Alegre, 2012 .
A Arena – Impérios Pós-apocalípticos, Editora Estronho, 2013, no prelo.

Coordenação Editorial: Elaine Maritza da Silveira
Capa e projeto gráfico: Marco Cena
Revisão: Viviane Borba Barbosa
Editoração eletrônica: Bruna Dali e Maitê Cena
Assessoramento de edição: André Luis Alt

Dados Internacionais de Catalogação na Publicação (CIP)

---

D249f    David, Christian
         O filho do açougueiro e outros contos de terror e
de fantasia. / Christian David. 2.ed. – Porto Alegre:
BesouroBox, 2017.
         184 p.; 14 x 21 cm

         ISBN: 978-85-99275-77-1

         1. Literatura infantojuvenil. 2. Contos. 3. Terror. I. Título.

CDU 82-93

Bibliotecária responsável Kátia Rosi Possobon CRB10/1782

---

Direitos de Publicação: © 2017 Edições BesouroBox Ltda.
Copyright © Christian David, 2017.

Todos os direitos desta edição reservados à
Edições BesouroBox Ltda.
Rua Brito Peixoto, 224 - CEP: 91030-400
Passo D'Areia - Porto Alegre - RS
Fone: (51) 3337.5620
www.besourobox.com.br

Impresso no Brasil
Agosto de 2017